マドンナメイト文庫

# 巨乳母と艶尻母 ママたちのご奉仕合戦

あすな ゆう

# 目次
contents

# 巨乳母と艶尻母　ママたちのご奉仕合戦

# プロローグ

坂井圭斗《さかいけいと》の目の前にあるのは、男を挑発するかのように発達した、美しく淫らなヒップだ。

中学二年生、十四歳の圭斗は内緒でやっている連日のバイト疲れでもうろうとしつつ、駅のエスカレーターに乗ったところだった。

そうして顔をあげたら、悩ましい丸みを帯びた大人の女性のお尻があった。

ぴっちりしたラインで露《あらわ》になったそれは、女性の黒っぽいパンツスーツのもので、高く張った尻たぶと妖しく切れこんだ狭隘《きょうあい》が、圭斗の目を引きつけてやまない。

吐息がかかりそうな鼻先で、みっちりと脂肪の押し詰まった尻たぶがエスカレーターの動きとともに震え、男を誘惑しているかのようだ。

——柔らかくて、なんだか優しそうなお尻……きっと持ち主も優しいヒトなんだろうな……。

たわわに成熟した、パンツスーツの女の双尻。

そこから漂う甘い体臭と柑橘系の香水の匂い。それらが絶妙に混じり、鼻孔をくすぐる。

圭斗は疲れ、何も考えたくないような状態だったが、それでも夢中になってしまうほど目の前の熟れきった女は魅力的すぎた。

後ろ姿しかわからないが、颯爽とした雰囲気の社会人で、色気とスタイリッシュさを兼ね備えたダーク系のパンツスーツがよく似合っていた。

圭斗はただ、ぼんやりと前を見ているつもりだった。

が、意識が少しずつ遠のいていき、

──あれ、おかしい……な……。

そのまま気を失ってしまう。

最後の記憶は、パンツスーツの優しい肌触りと、その向こうにある、むっちりとした柔らかさと、張りのある弾力溢れる何か──そう、尻たぶの感触だった。

＊

「気がついたみたいね、よかった」

圭斗が目を開けると、そこには先ほどエスカレーターで見た、パンツスーツの女性がいた。

セミロングの肩口で揃えられた髪に、黒っぽいキリッとしたデザインのスーツ。

じっと見ていたから間違いない。

「え、あ、その、ごめんなさい」

何がごめんなさいか自分でもわからなかったが、圭斗は慌てて動こうとする。

なぜなら、圭斗の頭はスーツの女性の沈みこむような柔らかさの太腿に膝枕されていたからだ。

喫茶店の個室らしい一角、そのソファの上に寝かされていた。どうやら気を失った圭斗を駅構内の喫茶店へ運びこんで、寝かせてくれていたらしい。

「大丈夫よ、そのまま寝ていなさい」

「あ、はい」

優しい、けれど有無を言わさぬ口調に圭斗はつい従ってしまう。

その女性は、切れ長の瞳に高い鼻梁と意思の強さを感じさせる眉を持ち、その整った美しさはどこか近寄りがたい怜悧《れいり》な雰囲気だ。

けれど今、圭斗に向けられた目は優しく細められ、胸の内に秘めた思いやりを感じさせた。

「いきなりエスカレーターで倒れてきて、びっくりしたのよ……それも、私のお尻の上に……」

そう言いつつスーツの女性は圭斗から顔を背ける。横顔は耳まで真っ赤だ。

「ごめんなさい……その、疲れが出ちゃったんだと思うんです……」

バイトを詰めこみすぎたせいかもしれない。

「救急車、呼ぼうか迷ったのよ……でも、顔色もそんなに悪くはなかったし……ともかく、あまり無理をしてはだめよ。キミみたいな年の子を見ていると、自分の子供みたいに思えちゃって……」

「自分の子供って、ボクは十四歳ですし、そんな大きな子供がいるみたいには……」

女性は苦笑しながら、膝枕した圭斗の頭を優しく撫でてくれる。

「いっしょの歳ね、私の子供も十四歳……生きていたら……だけど……」

その瞳に悲しみの色が一瞬差しこむ。

「だから今ぐらいは、お姉さんのことをママだと思って、いっぱい甘えていいのよ」

そう言って柔らかな笑顔を、圭斗に向けてくる。甘い化粧の匂いが、圭斗の肺を心地よく満たす。太腿は頭に吸いつくように柔らかで、その頭をしっかりと支えてくれる。ほのかな温もりに頬ずりしたくなってしまう。けれどさすがによその女性にそこまではできず、圭斗は甘えたいのをぐっと堪《こら》える。

胸元のシャツブラウスは大きく盛りあがっていて、ぱんぱんに張ったシャツブラウスのボタンの隙間から、二つの巨乳を包むブラがちらりと覗く。

圭斗はそこについ目を奪われてしまう。谷間には会社のＩＤカードがぶらさがっていて、そこにある河内梨桜菜《かわちりおな》という名が目に飛びこんできた。

──梨桜菜さんか……素敵なヒトだな。

包みこむような甘やかな雰囲気と安心感、そしてほのかな艶っぽさ。圭斗は梨桜菜の魅力にすっかりまいってしまった。こんなに優しいのに、頼れる芯の強さも言葉の端々から伝わってきて、そのギャップも魅力的だ。

──母親がいたら、こんな感じなのかな。

梨桜菜の蕩けるような心地よい雰囲気にしばらく浸る。

彼女も圭斗の頭を撫でたりして、自分の子と同じ年頃の圭斗をすっかり気に入ったみたいだった。

膝枕されつつ、梨桜菜のすらりと綺麗に伸びた手指が目に入る。

指先のネイルは落ち着いた真珠色で仕上げられていて、かすかな煌めきを見せるそれは彼女の落ち着いた雰囲気を引き立てていた。

そのしなやかに伸びた指が柔らかく圭斗の髪を梳《す》き、整えてくれる。指の腹の弾力とぬくもりを頭で感じつつ、心音がとくん、と高鳴ってしまう。

頭を撫でたり、そっと包んでくれたりと、梨桜菜との濃密な癒やしの時が流れた。

スーツできりりとした印象を感じさせた彼女だが、これまでいなかった母親が現れたような充足感を圭斗に与えてくれる。

幾ばくかの照れくささを感じつつも、圭斗は梨桜菜に身を委ねる。

離れがたくなるほどの糖蜜たっぷりの甘さを味わいつくし、身体の調子もすっかり回復した。

本当はいつまでも、ずっと梨桜菜の膝枕に甘えていたかった。しかし、母親でも、恋人でもない彼女に、そこまで求めることもできない。

喫茶店の外へ先に出るように促《うなが》され、ぼんやりとした頭のまま圭斗は外へ踏みだす。

そこで梨桜菜が支払いを済ませていることに気づく。

「えっと、あの……お金はボクが……」

介抱してもらって、さらにお金まで出させるのは心苦しかった。

「いいのよ。キミみたいな子供に、大人の私がお金を出させるわけにはいかないもの。それに言ったでしょう。私の子と同じ歳なんだから、おとなしくお姉さんにおごられなさい、ね」

梨桜菜は圭斗をじっと見つめると、表情をほころばせた。

「あ、ありがとうございます」

圭斗はお礼を言うだけで精一杯だ。まだ子供な自分が、どこか歯がゆい。

「ええと、名前聞いてなかったわね」

「圭斗です、坂井圭斗」

「そう、圭斗くんね。この駅には私もよく来るから、また会うこともあるわね、それじゃあ」

柔らかな笑みを見せて別れの言葉を述べると、梨桜菜は凛としたキャリアウーマンの顔に戻り、そのまま立ち去っていった。

頬には梨桜菜の香りとぬくもりが残ったままで、圭斗は彼女の後ろ姿からずっと目が離せずにいた。

# 第一章　W《ダブル》ママとの甘い同居生活

「え？　ボクに母親っ、それも二人も⁉」

圭斗が驚くのも無理はない。

両親は幼い頃、行方不明になったと聞かされていた。

だからもう会えないと思っていた。

圭斗自身は公的な支援を受けた施設で、小さな頃から今までずっと過ごしてきた。

さすがに十四歳になった圭斗は、どういういきさつで行方不明になったのか、もっと知りたかったのだが、施設長も詳しいことは知らないらしく、教えてもらえないままだった。

それが、母親を名乗る女性が現れ、しかも二人いると、突然知らされたのだ。

施設の応接室に向かうと、確かに二人の美麗な女性が待っていた。

圭斗が部屋に入ると、二人はこちらを向く。

驚いたことに、その二人の顔を、圭斗はすでに見知っていた。

＊

数日前のことだ。

ふわふわしたロングヘアの大人の女性が施設の入り口から中の様子を窺っていた。圭斗のいる施設のほうをちらっと見て、また目を外して、またちらっと見る。建物脇の花壇の前を行ったり来たりして、中へ入ってくる様子もない。

やがて、花壇に水やりをしようと外へ出た圭斗と目があった。

すると、「あ」という小さな声を出した。

「どうかしましたか？」

「あ、あら、綺麗なお花だと思って……花壇を見てたのよ……」

「花、ですか？」

花壇のコスモスはまだ蕾で、咲いてさえいない。

――なんか、怪しいな……すっごい綺麗なヒトだけど。

施設に用事がありそうだが、不審者かもしれないと思い直す。

「あの……人を呼んできましょうか？」

「いいのよ……まだ心の準備をしたいし……」

心の準備をして、それからどうするのだろうか。圭斗の中で目の前の女性に対する疑心が膨らんできた。

「不審者の方ですか？」

そう思わず聞いてしまう。

「ふふッ、何を言いだすの。不審者さんではありませんよ」

唐突な圭斗の言葉に、女性は吹きだしてしまう。

「確かに、建物の様子を外から見てて、不審者っぽくは見えたかもしれないけれど……私は泉《いずみ》あやめ、この近くに住んでいるのよ」

相手が圭斗みたいな子供で少し安心したのだろうか、あやめはじっと彼の目を見てくる。

「これから、おばさんは大切な人と会うの。私はちゃんと綺麗かしら？　あなたから見てどう？」

三十代の落ち着いた雰囲気だが、外見は二十代でも通りそうで、おばさんという自称がどうにもそぐわない愛らしい女性だ。

つぶらな瞳に、柔らかな曲線を描く眉。くるくると変わる華やかな表情に、笑みを絶やさない柔和な雰囲気は、誰もが親しみを持てそうだ。

細かなプリーツの入ったロングスカートに、桜色のブラウスという清楚を絵に描いたような装いだが、薄布を突きあげる量感溢れる乳房に、柔らかなスカート生地が腰のあたりで艶めかしい丸みを描いていて、大人の熟れた色香がほのかに漂ってきていた。

愛らしさの中に佇《たたず》む大人の艶っぽさは、圭斗のような少年には強すぎる刺激だ。

つい、あやめの胸元に目を引きつけられてしまう。ゆるふわカールのついたロングヘアが前に垂らされ、それが高く張った二つの乳房にかかる。

胸元を隠すはずの流麗な髪に大きな湾曲が生まれ、その様がかえって胸乳の見事な発達ぶりを強調していた。

「……綺麗だと思いますよ。その、お、おっきいですし……」

「え、おっきい……」

一瞬何を言われたのか、わからないあやめは目を白黒させる。そうして、圭斗の視線と自分のブラウスを押しあげた双乳を見て、はっと気づく。

「あらあら、おムネのことを言ってるのね……」

かすかに身体を動かすだけで、量感溢れる爆乳もふるふると震えてしまう。

「もう、初対面の女性に失礼よ。んふふ、おませさんなのねえ……」

真っ赤になりながら、少し怒ってみせるものの、口元は笑っていた。

「でも、少し緊張がほぐれたわね。ありがとう……」

あやめは優しく頭を撫でてくれる。そのしなやかな手指の感触に、圭斗はうっとりとなってしまう。

そうして、ふんわりと華やかなローズ系の香りがあやめの髪や服から匂ってくる。

大人の女の香りに、圭斗はちょっとどぎまぎしてしまう。

「じゃあ、またね」

あやめは愛嬌たっぷりに小さく手を振った。

圭斗に背中を向け、少し歩きだしたかと思うと、再び立ち止まって振り向く。

「私はここに用事があってきたのよ。だから……」

そこで一度、言葉を切ってから、ゆっくりと噛んで含めるように話す。

「不審者さんではありませんよ」

零れるような笑みを見せる。その笑顔に圭斗はすっかり見惚れてしまっていた。

――大人なのに、ずいぶんと愛らしいヒトだなあ……。

圭斗は事務所のある棟へ向かうあやめの後ろ姿を見えなくなるまで、目で追ってしまうのだった。

＊

圭斗の母親を名乗る二人の女性。その名前はすぐに出てきた。

建物前で不審者然としていた、愛らしく、ふわっとした穏やかな雰囲気の泉あやめ。

そしてもう一人は、先日、駅構内で圭斗を助けてくれた、あのスーツ姿の女性、河内梨桜菜だ。

ただ梨桜菜は、あのときのことなどまるでなかったかのような固い面持《おも》ちで、つい名前を出すのがためらわれてしまう。

圭斗は自己紹介を終えて、二人の名前を確認する。彼女たちを知っていたことに施設の先生が目を丸くする。

「そのいろいろと迷惑かけましたから……」

一番落ち着いた柔らかな雰囲気のあやめが三十四歳、あのときと同じスーツの梨桜菜が三十一歳。

二人とも圭斗の実母らしいと言われても、信じられないぐらい若い雰囲気の女性だ。

施設長の話によると、圭斗が母親と離ればなれになったのは、彼が生まれたときに起きた病院火災のせいで、その混乱から母親が誰かわからなくなってしまったという。

二人の母親は学生の身の上での妊娠・出産ということもあって、病院の院長や両親の判断で、赤子は母親たちには行方不明と伝えられ、内々に施設で養育されることになったようだ。

「でも、どうして……ボクの母親は一人だよね……」

圭斗の疑問に答えたのは施設の施設長で、各施設に預けられた二人の子のうち、もう一人は亡くなってしまったらしい。

つまり残ったのは圭斗だけである。

それが今回の騒動の発端だった。

「けいちゃんの居場所を知っているのは、当時の病院の院長先生だけでして、お亡くなりになるときに、こちらにけいちゃんがいるとお伺いしたんです」

「私も、その院長から聞いたのよ。ずっと行方不明だと聞いていた私の子供が、ここにいると。ずっと黙っていられなかったらしくて……」

二人の母親が一人の子供を取りあうなんて話は昔話みたいだ。

「ま、待ってよ……いきなり、そんなこといっぺんに言われても、わけわかんないよ、ええと、ええと……」

情報も、感情も、何もかもが入り乱れて、一瞬、思考が停止してしまう。

「結局は病院の火事がきっかけで、ボクと母親が離ればなれになって……それで、二人のうち、誰がボクの本当の母親かわからないってこと？」

施設の先生が圭斗の言葉を肯定するようにうなずく。

「そういうことよねえ……でも、けいちゃんのママは私よね、ね、ね、ねッ！」

「それを言うなら、私よ！　まさか駅で会ったときは、圭斗くんが私の子供だとは思わなかったし……」

いきなりそう畳みかけられ、圭斗は返答に困ってしまう。

母親ができたこと自体はうれしかったが、それが二人いっぺんとなると、戸惑いが先立つ。

「お二人とも、圭斗くんがびっくりしていますよ？」

施設の施設長に軽くたしなめられ、あやめと梨桜菜は落着きを取り戻す。

「あ、ごめんなさい……けいちゃんの前で」

「そうよね、どちらが本当の母親か、まだ決まってないのよね……」

施設長は腕を組み、少し思案顔のままでいたが、慎重そうに話を始めた。

「お二人のどちらが母親かというお話は、遺伝子などの専門的な検査でわかるかとは思いますが……お互いを知る時間を少し設けてもいいと思うんです。結果が出るまで時間もかかりますしね」

大人のやりとりを黙って聞いていた圭斗が口を挟む。

「お互いを知るって……ときどき、こうして会ったりするってこと？」

「そうねえ、会うのもいいけれど……いっしょに暮らしてみるのが、一番お互いを知る方法ではあるけど。検査結果が出るまでは、どちらが母親か、決まったわけじゃないですしね。お二人はいかがですか？」

あやめと梨桜菜の様子を窺うように、施設長は二人の顔を交互に見た。

「あら、それはいい考えね。幸いウチならば、みんなさんもけいちゃんも、いっしょに暮らせる広さがありますしね」

あやめがそう申し出る。話を聞くとあやめの住んでいるところは、家というよりも屋敷と呼んだほうがいいほどの広さのようだ。施設からも近く、学校やバイトへ行くにも不自由しなさそうに思えた。

「近くなら、圭斗くんも今までどおりの生活ができるし、私も賛成ね」

梨桜菜も納得したようだ。

圭斗は改めて、あやめと梨桜菜を見る。

色っぽくてセクシーすぎる大人の美女二人と一つ屋根の下で暮らすなんて、エッチなことになってしまいそうな気しかしない。

圭斗も十四歳の健全な男子で、間違いを犯す準備はいつでもできている、そういう妙な自信だけはあった。

けれど彼女たちは圭斗の母親の可能性がある。

――でも、そんな間違い、起きないよね……たぶん……。

なによりも今までいないと思っていた母親と暮らすことができる、そのことに圭斗の胸は期待に満ちあふれていた。

圭斗は二人の母親を見て、おずおずと申し出る。

「こんなボクでよかったら、いっしょに住んでください。迷惑、かけないようにしますから……」

その言葉を聞いて、あやめは苦笑する。

「いっぱい迷惑かけてもいいのよ。私たちは、けいちゃんの母親なんですもの」

「本当に……いいの？」

「ええ、もちろんよ。いっぱい甘えてちょうだい……それがけいちゃんを一人にしてた……いえ、何にもないわ」

あやめの瞳に一瞬、影が差す。

「そうね、圭斗くん。ママたちにいっぱい甘えなさい。あやめさんの言うとおり、気にすることはないのよ」

二人のママから温かい気持ちが伝わってきて、圭斗はうれしくなってしまう。

子供を取りあう母親の昔話では、お奉行様の前で子供をむりやり引っ張りあっていたそうだが、さすがにそんなことはなさそうで、圭斗はほっとする。

「うん、ありがとう。これからよろしくお願いします」

母親に告げる言葉にしてはなんだか妙な感じもしたが、圭斗は深々と頭を下げた。

# 第二章　巨乳から溢れる淫靡なミルク

あやめの住処《すみか》は街の高台、高級住宅街の一角にある。周囲は生け垣で囲まれ、門構えも立派で、部屋数も多く、広かった。

豪邸と呼ぶにふさわしい佇《たたず》まいだ。

広いリビングからは、少し離れた海が一望できた。行き交《か》う船に灯台、その向こうに見える綺麗な島々と、その景観は見ていて飽きがこない。夜景も綺麗だろう。

圭斗はソファに座ってリビングからの眺めを堪能する。

「気に入ってくれたみたいでよかったわ、でも景色が綺麗でも、一人で住んでいると味気ないものよ」

「こんな素敵な家なのに？」

「素敵な家には、建物や景色だけじゃなくて、住んでいる人の気持ちが大切なのよ。

けいちゃんが来てくれたから、きっと今まで以上に素晴らしいおウチになるわ」

そう言われてあやめが未亡人だということを思いだす。二人で住んでいた広い家で、一人きりになったら寂しいだろう。

あやめはエプロンを着けると、鼻歌を歌いながらキッチンへ入っていく。純白でフリルの愛らしいエプロンがまぶしく、圭斗は彼女の後ろ姿に見入った。

カウンターキッチン越しにあやめが家事をしている姿を見ていると、母親ができた実感が湧いてくる。

――ママだ、ボクに本当にママができたんだ……。

圭斗は胸に迫る熱い思いを、しみじみと嚙みしめるのだった。

ただ、ママは一人だけではなく、あやめと梨桜菜の二人だ。

どちらが圭斗の実母かわからないということで、検査の結果が出るまではいっしょに生活することになった。

圭斗も男だから、美人な大人の女性といっしょに暮らせるだけでうれしく、それが望んでいた母親とあれば、なおさらだ。

綺麗な女性二人との同居を想像するだけで、思春期の男子である圭斗はやましい妄想に囚われてしまう。

すぐに股間が痛いほどテントを張ってしまい、それをあやめに気づかれたくなくて、圭斗は自室に引っこむしかなかった。

＊

その日、梨桜菜は仕事で遅くなるとのことで、圭斗はあやめと二人きりの夕食をとる。

夕食後、リビングでぼんやりとテレビを見ていた圭斗の前に、冷えたデザートが出された。

「はい、けいちゃん。フルーツは食べられる？」

「うん、大丈夫。ありがとう」

圭斗の前には黄桃やパイン、ナタデココなどの一口サイズのスイーツやフルーツ類が瑞々《みずみず》しく盛られた小皿があった。

フルーツの甘い匂いが漂ってきて、夕食で満腹だったにもかかわらず食欲が刺激される。

「あ、けいちゃん。これだけしか残っていないから、梨桜菜さんには内緒ね」

ぴっと人差し指を口元にたてて、あやめは微笑んでみせる。それがまた愛らしくて、圭斗もつられて笑ってしまった。

あやめはそのまま、圭斗の隣に座ると、膝を寄せてくる。

母親だとわかっていても、妙に距離が近くて、圭斗はどぎまぎしてしまう。

あやめは真っ白のシンプルなデザインのエプロンを身に着けていて、裾や肩紐を彩るフリルが彼女の家庭的な雰囲気に彩りを添えていた。

間近に迫られると、あやめの柔和な雰囲気以上に、その成熟した大人の女の艶っぽさを強く意識した。

遠くから見ていると優しげなエプロン姿だが、近くで見ると、ぎゅっと締められた腰紐で、大きく迫りだした爆乳が強調され、それが強烈なエロスを感じさせた。

かすかに開いた襟元からは、豊かな乳房の谷間が覗き、あでやかなローズ系の香りが圭斗の理性を揺さぶるかのように漂ってきていた。

「でも、家がにぎやかなのは、いいわよねえ……。私、しばらくは広い家に一人だったから……」

本人に自覚があるのかないのか、にこにこと微笑みながら、耳元で楽しげに話をつづける。あやめの落ちついた心に染みいるような声は、いつまでも聞いていられそうだ。そしてときおり、吐息が耳朶を打ち、ドキリとしてしまう。

「息子のけいちゃんといっしょに過ごせるなんて、夢みたい……」

「うん、そうだよね……」

答えつつも、噎《む》せかえるようなあやめの色香に当てられ、圭斗は上の空でいた。

「どうしたの、私のほうをじっと見て……」

「あやめさんのエプロン、胸が……じゃなくて、可愛いなと思って……」

とっさに言いつくろうものの、あやめは最初の言葉を聞き逃していなかった。

「もう、けいちゃんったら……おっきなおムネのことばかり、考えてちゃだめよ……でも、大きいって褒めてくれてるのは、うれしいけど……」

「もちろん、エプロンも似合っていて、お母さんって感じがするし、すごくいいよ」

「本当に？」

あやめの少し責めるような視線が圭斗を射貫く。その仕草さえキュートすぎて、母親であるにもかかわらず、胸の高鳴りを覚えてしまう。

「けいちゃん、フルーツも食べて。あ、そうだ……んふふッ」

いいことを思いついたとばかりに満面の笑みを近くで見せた。そのままフォークを手に取ると、カットした一口サイズの黄桃をフォークに刺して、圭斗の口元に運ぶ。

「けいちゃん。はい、あ～んッ」

「え、あ、あ～んって、そんな子供みたいな」

戸惑う圭斗を、あやめは懐の深い笑顔で包みこむ。

「子供よ、けいちゃんは私の大事な子供。だから、恥ずかしがらなくていいのよ。うふふ、はい、あ～ん」

濡れた黄桃で、唇をにゅるにゅるとマッサージされて、変な気分になってしまう。そのまま彼はゆっくりと唇を開いて、差しだされたフルーツを口の中へ運ぶ。

「なんだか照れくさいよ……」

「照れくさくても私はかまわないもの。可愛いけいちゃんにもっと食べさせてあげたいのよ、うふふッ。はい、どうぞ」

あやめの甘やかな雰囲気やうれしそうな笑顔につられ、二口三口と、彼女のフォークからフルーツを食べてしまう。

「今度はパイナップルだね、んっ、美味しい」

なんだか自分ばかり恥ずかしいことをさせられているみたいで、圭斗は不意にちょっとした意趣返しを思いつく。

「じゃあ、今度はボクが食べさせてあげるね」

「え、えええぇッ、それは、恥ずかしい……かも……だって、私、三十四歳で、けいちゃんのママなのよ……」

「でも、ボクだけなんてずるいよ。はい、あやめさん、あ～ん、ね」

あやめは顔を真っ赤にしたまま俯いてしまう。

耳まで真っ赤で、肩がぷるぷると小刻みに震えているのが愛らしくて、圭斗はそのまま抱きしめたくなった。

「私がけいちゃんに、あ～んするのは、ママだからいいと思うのよ。だけど……ママの私が、けいちゃんに、あ～んされてしまうのは……その、こ、恋人同士みたいで……」

強い恥じらいをごまかすように、あやめは圭斗から目をそらしつつ、ソファの端を指先で何度も円を描くように擦る。

「だから、うう……そういうのはよくないのかなあ、なんてママの私は思うのよ……女の私はむしろ、そういうのだ～い好きっていうか、けいちゃんといちゃいちゃラブラブしちゃってもいいのかなあ、って思ったり……ああ、もう、ママを困らせないで。けいちゃん、いっぱいめっ、しちゃうわよ……」

消え入りそうな声のあやめは、いろいろ口にしているが、あ～んは、イヤではないらしい。

大人のちょっとややこしい体面を崩すべく、圭斗は言葉をかけつづける。

「あやめさんは、ボクが恋人じゃ不服なの？」

「そ、そんなこと……言ってないじゃない……もう、意地悪……」

あやめは怒ったのか、少し拗《す》ねてみせる。その姿も可愛くて、もっといろいろな感情を引きだして、あやめの喜怒哀楽のすべてを見たい欲求に駆られてしまう。

「はい、あ～ん、だよ。あやめさん」

「うう、一回だけよ……あ～ん……ぅぅ、は、早く、お口に入れて……」

顔から火が出そうなほどの羞恥を感じているのは、圭斗からもわかる。そっと開かれたあやめの口唇に、フォークに刺した黄桃を滑りこませてやる。

「……んっ……」

そのまま俯いて、おしとやかな咀嚼《そしやく》音とともに、あやめはフルーツの味を噛みしめていた。

「けいちゃんに食べさせてもらえて、ママ、うれしい……ぁふぅ……」

「まだ、食べる？　ママ？」

「……うん……もう一回ぐらいなら、ママにあ～んして……はい、あ～ん……」

顔を赤く染めながら、あやめは口を大きく開ける。

そこに圭斗のフォークが滑りこみ、先端についたシロップまみれのナタデココが舌先を撫であげ、口蓋を甘く刺激する。

糖蜜の味わいとともにぬるついた食感の愛撫がなされ、あやめは口腔を甘く刺激され、いやらしい吐息を漏らしていた。

まるで口全体が性感帯になったかのように。

「ぁ……はふ、こら、いたずらっこなんだからぁ、ぁむぅぅ、ぁふぅぅ、お口の中でフルーツがあふ、踊って、エッチな感じ……んふぅぅ……」

そのままフルーツを食べつつ、無防備な自らの姿態を圭斗に見られる羞恥に、あやめは密かな愉悦を覚えてしまう。

「まだ、あ～んできるよね」

圭斗は濡れたフルーツをあやめの口に運ぶ。

彼女は目を細めつつ、雛鳥のように口を開け、フルーツを頬張っていく。

同時にジューシーなフルーツは唇や歯列、舌を愛撫し、あやめを昂《たかぶ》らせていく。

「けいちゃん、もう、わかっててやってるの……はふ、めっ、なのよ……でも、ぁんっ、息子に恋人みたいにあ～んされるの、ああ、やめられない……」

あやめは口の端から、はしたなくよだれを垂らしつつ、フルーツを受けいれていく。口腔を愛でられ、惚けた表情は淫らで、圭斗は息を呑んだ。

「はふ……ごちそうさま……」

満足げな表情とともに、あやめはソファにその身を沈める。息づかいは荒く、潤んだ瞳は色っぽい。

「あやめさん……ちょっとやりすぎちゃったかな……」

「そうよ……やりすぎよぉ……んふふ」

あやめはそのまま圭斗に身体を寄せてくる。

爆《は》ぜんばかりの巨乳がすぐ目の前にあって、そちらに気を取られてしまう。フルーツの香りに混じって、甘いミルクの香りも漂ってきていた。

圭斗もあやめに引き寄せられるようにして、身体をそちらへもたせかけた。

——これが母親の匂いなんだ……本当にお乳の香りがしてる……。

無意識のうちに横乳に頬を寄せて、すりすりしてしまう。

あやめも恥ずかしさが次第に落ちついてきたのか、甘えてすり寄ってくる圭斗を優しい目でじっと見守っていた。

「けいちゃん……まだ、甘えんぼタイムはつづいてるのかな?」

「そ、そういうんじゃないけど……でも、こうしてると安心するよ……」

「……そうやって、けいちゃんに節操なく甘えられると……だんだん……私も、その気になってきちゃうわよ……いいのかしら……」

子供をあやすような口調の中に、大人びた声音《こわね》が混じる。圭斗はそこに母親の中に巣喰う三十四歳未亡人のいけない性欲を嗅ぎとってしまう。

「その気になると……どうなっちゃうの……あやめさん……」

いけないと思いつつ、圭斗自身も昂りを抑えきれず、挑発的な言葉をついあやめに投げつけてしまう。

「もう、母親をいけない道に誘うなんて……けいちゃん……悪い子ね。あとで、めっ三回しちゃうわよ」

あやめはリビングのテーブルに置いてあるリモコンスイッチを手に取ると、天井の照明を落とした。

部屋には壁面や脇からのわずかな間接照明の橙色の明かりだけが残り、薄闇の中であやめの顔を艶やかに照らしだす。

「……私の裸見て、笑っちゃいやよ……んんッ……んッ……」

そう圭斗に恥ずかしげに囁くと、身を淫らに捩らせ、衣擦《きぬず》れ音をさせながら、エプロンを脱いでいく。ブラウスの胸元のボタンを外すと魅惑の丸みが晒され、薄暗い部屋の中でその白さがまぶしく映る。

「近くで見ると、すごい迫力だよ……ああ、大きい……」

「ぁんッ、けいちゃんの息がかかって……ブラも外すから、待って……」

あやめがフロントホックを外すと、ぎゅうぎゅうに押しこめられていた巨乳は解放され、その喜びに震える。桜色の乳房の芯は尖り、哺乳瓶の先のようにぽってりと膨らみ、かすかな湿り気を帯びていた。

「あやめさんのおっぱい……先っぽも大きくなって……エッチな気持ちになってるってことなんだよね……」

「もう、けいちゃん……そんなことどうして知ってるの……本当におませさんなんだから……」

あやめの柔突起は、圭斗の視線に炙《あぶ》られて、さらに大きさと硬さを増す。透明な蜜が我知らず、乳先から溢れて乳暈を潤わせる。

「どうしたの、濡れてるよ、あやめさん……」

「いや、口にしないで、けいちゃん……ああ、ママだって恥ずかしいのよ……」

乳房を圭斗の眼前に突きだしたあやめは、吸ってと甘く告げる。それは、おねだりに近かった。

「いいの、おっぱい、す、吸っちゃうよ」

圭斗はゆっくりと乳頭に口づけし、そのまま口腔に含むとちゅぱちゅぱと音を立てて吸いはじめる。驚いたことに、乳房を根元から揉み搾り、啜るほどに、甘い蜜が溢れて、口を潤す。

「んむぅ、んうぅッ、これって、母乳だよね、んんッ、いっぱい口の中に優しい味が広がって……これ、クセになっちゃうよぉ……」

「そうよ、んんッ、ぁふ……ママは興奮するとお乳が出ちゃう体質なの……」

あやめは圭斗に搾乳される快感に背中をのけぞらせつつ、喘ぎ混じりの声でつづける。

「けいちゃんとなんだかいやらしい雰囲気になっちゃって、ぁぁ、ママのエッチな気持ちに火が点いちゃったの……いけないママでごめんなさい……ぁぁ、でも、いいッ、けいちゃんにおっぱいあげるの、ずっと夢見てたの……」

圭斗は乱れるあやめの噎せかえるような色香に当てられ、ただ必死にミルクを飲みつづけた。

口の端から飲みきれない液体が零れて、張りだした乳丘に幾条もの筋を作る。それが少しずつ広がって、乳球全体を覆うように淫靡なコーティングがなされる。

わずかな明かりに照らされた闇の中で、あやめの喘ぎと互いの荒い息づかいが交錯し、ほのかなミルクの匂いがあたりに充満する。

「こっちも飲むよ……んむぅぅ、んくんくッ……ママのおっぱい、ぁぁぁ、本当にボク、飲んでるんだ……甘くて、エッチで、最高すぎだよ……」

左の乳房を搾りきった圭斗は、右の乳房にしゃぶりつく。そのまま乳腺にたっぷり孕まれた蜜乳を啜り飲んだ。

乳塊を根元から搾り、乳頭を舌先で弄りつつ、貯まったミルクをバキュームしつづける。

「ああ、けいちゃん……もっと吸って……ぁんんッ、私のお乳、たくさん飲んでね……んふぅぅ、強く吸われると、感じて……ぁ——ッ、声出てしまうぅ……」

あやめは子に乳を与える満足感と、乳房を蹂躙される背徳感などが入り交じった複雑な思いから、いっそう性的な昂りを感じてしまう。

同時に自身の乳房にむしゃぶりつく圭斗の屹立が大きく勃起していることに気づく。

「ママのおっぱいでおっきしちゃうなんて、いけない子ね。少し、エッチなお仕置きが必要かしら、んふふッ」

あやめは乳房を圭斗の好きにさせつつ、ズボンごしに股間のペニスを擦って刺激していく。

優しく手慣れた様子で、半勃ちした剛直の亀頭あたりを撫でまわす。指先が淫らに躍り、絡み、いきりは快感とともにますます充実する。

その指先のネイルはあでやかなピンクに塗られ、きらきらとラメが光っていた。家庭的な雰囲気のあやめの中で、唯一強烈に女を主張しているそれは、圭斗をいっそう興奮させた。

あやめは艶めかしい手つきで圭斗のズボンから怒張を取りだすと、その手指を筒のようにしてしごきたてた。

「ぁ……あやめさん……おち×ちんを、ぁうぅぅッ」

ピンクのネイルで彩られた女の手がペニスをしごく。その凄絶な色気に圭斗は屹立をさらに漲《みなぎ》らせてしまう。亀頭は痛いほど膨らみ、エラを張る。

「けいちゃん、今はママでしょ。二人きりで、おっぱいあげてるのに、んふふ、まだ大きくなって、ああ立派。けいちゃんのたくましいモノをにぎにぎしてると、ママ、ますます興奮してきちゃう……」

あやめは昂りのままに圭斗の雁首に指先を激しく絡みつけて、その幹竿全体を丹念に愛でつづける。カウパーが溢れて、精液が何度も途中まで迫《せ》りあがってくる。圭斗も負けじと乳球の丸みに顔をうずめつつ、乳首を吸いたてた。

「けいちゃん、ぁひぃぃ、いぃッ……少し吸いすぎ……ぁはぁッ、ママのおっぱい、吸われすぎて、感じて、ぁぁ……ぁぁぁ……」

「ボクもママの指先が気持ちよくて、ああ出ちゃう、出しちゃうよぉ……」

互いに快感を与え、貪《むさぼ》りあい、二人で高みに昇っていく。

「ああアッ、けい……ちゃん……だめ……だめッ！」

圭斗の貪るような搾乳に、あやめは嬌声をあげ、乱れ悶える。そうして乳先から溢れる愉悦の波の連続に押しあげられるようにして、そのまま絶頂した。

「んんん……ッ、けいちゃん……ぁぁぁッ！」

同時に圭斗のペニスも張りだしの感じやすいところを何度も擦りあげられ、白濁を溢れさせる。

「ぁうぅ、出すよ、ママっ」

そり返った屹立がビクビクと律動し、勢いよく滾《たぎ》るマグマを吐きだし、あやめの白魚のような手を汚していく。

果てたあやめは、高く張り詰めた乳房をぶるぶると震わせつつ、これ以上ないほどの淫らな姿を圭斗に見せつける。

「……ぁぁ、ママ、ママっ」

達したあやめの見せる女の表情は刺激的で、圭斗は放精しつつも、快楽以上に、その凄絶なまでの艶めかしさに引きつけられた。

「……ママ、イッちゃった……けいちゃんにイカされちゃったのよ」

あやめはまだ果てた陶酔に浸りつつも圭斗の頭を優しく撫でて、あやしてくれる。そうしてイッたばかりで敏感な双乳を圭斗に押しつけて、窒息しそうな喜びを与えてくれた。

圭斗は精液をまき散らしながら、優しくあやめの腕に抱かれ、その柔らかな肌の感触に耽溺する。

「もう、けいちゃん……甘えん坊さんねえ……ママも、けいちゃんにちょっと甘えちゃおうかしらね、んふ」

あやめも圭斗のぬくもりを貪るようにぎゅっと抱きしめ、互いに肌を擦りつけ、その存在を確認しあう。

「けいちゃん……ママと、もっとおませなこと、しよっか？」

あやめの視線が淫靡な輝きを伴《ともな》って、圭斗を射る。

「え、それって……」

男と女が肌をあわせる、今以上のエッチな行為。

圭斗の胸は期待に昂り、いきりは再び大きさを取り戻した。

そのときだった。ふいに足音がして、リビングの明かりが点《つ》けられる。

「あ、梨桜菜さん……」

「あら、こんばんは……」

照明のリモコンの持ち主は梨桜菜だ。

仁王立ちのまま、ソファの二人を見下ろす。無表情で、無言のままなのが恐ろしかった。ちょうど、会社から帰ってきたのだろう。

圭斗とあやめは抱きあったままで、バツの悪そうに笑うしかなかった。

「……リビングで、こういうことしないでよね。あやめさんも、いい大人なんだから」

あやめは衣服を直すと、圭斗のおでこに自分のおでこを当てて、

「お邪魔虫さんが来ちゃったみたいね、また今度ね、けいちゃん」

「ちょ、ちょっと、置いてかないでよ……」

そう言って、そそくさと立ち去ってしまう。

残された圭斗は、梨桜菜のすごい圧を全身で感じつづける。

「あの、梨桜菜さん？」

「圭斗くんも、人前でそういうことはしちゃダメよ。そりゃあ、圭斗くんが誰と、どんなエッチなことしても自由恋愛だとは思うけどね……」

淡々と感情を押し殺した声だが、その奥には怒りの炎が燃えさかっているのは明らかだ。

「あ、あの、ごめんなさい……」

「謝られても……圭斗くんは、私より年上の、あんなお姉さんがいいのよねえ……ずいぶん仲よかったみたいだし……」

梨桜菜の怒り方は母親というよりも恋人のそれに近いものだった。圭斗が何を話しても、火に油を注ぐようで、梨桜菜の怒りは収まりそうになかった。

見惚れるほどの美貌で強くにらまれると、圭斗は萎縮してしまって、何も言えなくなってしまうのだった。

＊

リビングであやめと圭斗の淫らな行為を見てから、梨桜菜の頭の中は圭斗のことでいっぱいになってしまっていた。

——圭斗くんは私の息子なのよ……なのに、先に手を出すなんて……。

向こうも圭斗を自分の子だと思っているのは頭ではわかっていた。だが気持ちのうえでは、自分こそ圭斗の本当の母だという思いが拭《ぬぐ》えないでいた。

あやめを許せないという気持ちと、それ以上に彼女をうらやむ気持ちが強かった。

初めて駅で見たときから、梨桜菜は素直で愛らしい圭斗に強く惹かれていた。

そうして圭斗が息子であると紹介されたとき、恋慕の思いが爆発的に溢れて、それが母としてのものか、恋人としてのものか、自分でもわからなかった。

詳しい話は聞けないでいたが、きっとあやめから手を出して淫らな行為に及んだのだろう。息子の圭斗を汚されたというよりも、大好きな恋人を寝取られた忌々《いまいま》しさに近い感情が梨桜菜を支配していた。

圭斗には「ボクのママは梨桜菜さんだけだよ」と言ってほしかった。エッチなことをするのも、もちろん梨桜菜とだけ。想像の中の圭斗はいつも梨桜菜に懐き、甘えてくれていたが、現実は違った。

圭斗を母として恋人として、自分に引きつけるためには実力行使しかないと、たった今、思い知らされたのだった。

梨桜菜は自室の姿見に、自身の熟れたアラサーボディを晒しつつ、物思いに耽る。

――圭斗くん、私の身体に反応してくれるかしら……。

二十代前半よりも少しふっくらとしているが、全体の均整は崩れていない。

ビジネスの現場で幾多の男に好奇な視線を向けられ、自分がどれだけ男を狂わせる身体を持っているかは自覚できていた。

女を武器にしたことはないが、身体を差しだせば取れたであろう仕事は数えきれないほどだ。

そんな梨桜菜でさえも、歳の離れた圭斗を相手にして通用するか、自信はなかった。

彼を愛おしく思うほどに不安は募ってしまう。

――圭斗くんから見たら、おばさん……いや、だめよ、自分でそんなこと考えちゃったら、上手《うま》くいくものもいかなくなる。自信を持ちなさい、梨桜菜。

梨桜菜は三十一歳の女盛りの身体を両手で自ら抱きしめつつ、どんなエッチな手を使ってでも圭斗を自身の虜にする決意を固めた。

＊

あやめの屋敷は浴室も大きく、圭斗はまるで小さな銭湯に来ているような気分になる。

大理石で作られた湯船は五人くらいは入れそうで、洗い場も広く、天井も高い。

圭斗は足を伸ばして湯船に浸かりつつ、

「……今日はいろいろあったよね……ふぅぅ……」

と溜め息をつき、浴室の高天井をぼんやりと見つめていた。

「圭斗くん……」

そのとき後ろから呼びかけられ、圭斗が振り向くとそこには、バスタオルを巻いた梨桜菜が立っていた。

「入るわね……」

「え……」

梨桜菜は何気ない様子で湯船に入り、圭斗のそばへ寄ってくる。

その行為をごく自然に受け入れそうになった圭斗だったが、剝きだしの艶めかしい肩口が、自身の肩と触れあい、ほのかな脂粉の香りが漂ってくる。

するとペニスが力強く覚醒しはじめ、さすがに気まずさを感じてしまう。

「……その梨桜菜さん……そのボクも十四歳の男だから……その……いっしょにお風呂は……」

「親子だからお風呂ぐらい、いっしょにいいわよね」

「で、でも……」

梨桜菜の涼しげな双眸に見つめられ、圭斗は何も言えなくなってしまう。

「それとも、いやなの？」

「全然、いやじゃないよ……むしろ、綺麗な梨桜菜さんといっしょにお風呂に入れてうれしいけど……」

「じゃあ、いいじゃない……ほら、圭斗くん、もっとこっちに来なさい」

「は、はい」

梨桜菜にしてみればたいした意味はないのだろうが、触れあった肌はふにふにと柔らかく、幸せな気持ちにしてくれる。

バスタオルでは隠しきれない、うなじや、二の腕、胸元の白磁のように白い肌はお風呂の湯気をたっぷりと吸いこんで、瑞々しい色気に満ちていた。

初めて会ったときから、圭斗は梨桜菜のことを素敵な女性だと思っていた。こんなヒトがママだったら、などと思ったりもした。

だからそんな憧れのヒトが、バスタオル一枚でいっしょに湯船へ浸かっているだなんて、舞いあがりそうなほどうれしく、ガチガチに緊張してしまう。

「何か話してよ、圭斗くん。学校はどう？　好きな子はいるの？」

「好きな子はいないけど……憧れてるヒトは……」

「ふうん、それは誰なの？」

まさか目の前の梨桜菜だとは言えず、圭斗は口ごもってしまう。

「憧れだから、ボクは相手にされてないよ、きっと……」

「もしかして、あやめさん……じゃないわよね？」

先ほどの淫らな行為からすれば、当然の質問だろう。

「違うよ……それは、あやめさんは素敵なヒトだけど……」

そのまま俯いて黙ってしまった。

どうしても梨桜菜の前だと緊張が取れない。

「じゃあ、他にも誰かいるのね。浮気者ねえ……」

そう言われて、圭斗は身の置きどころがなくなってしまう。お湯でほんのり桜色に染まった梨桜菜の顔をぼんやりと見つめつつ、ますます「あなたです」とは言えなくなってしまった。

半開きのぽってりと肉厚の紅唇が色っぽくて、妙な淫らさを感じさせる。

「何よ、じっと見て……私の顔に何かついてるの？」

「そ、そういうのじゃ、ないんですけれど……唇、きれいだな、って思って……」

「……圭斗くん、そんな目で私を見ていたの……もう……」

追及するのもバカらしくなったのか、梨桜菜は苦笑しつつ肩をすくめる。少し前へ視線をそらしたかと思うと、再び圭斗のほうをじっと見つめてくる。

「圭斗くんは、キスに興味があるのね。キミぐらいの年頃の子らしいわね」

梨桜菜は、ふっくらした唇を圭斗のほうに寄せつつ、

「ねえ、その憧れのヒトとキスしたいと思う？」

と囁くように問う。

「え……は、はい……」

すぐ目の前にある、ぽってりとした柔らかそうな朱唇を見て、息を飲んでしまう。

「じゃあ、私と練習しようか。キスの練習……私の唇をじっと見てたじゃない……いいわよ、練習につきあってあげても……」

人指し指をかすかに開けた唇にそっと当てつつ、色っぽく告げる。いつもの堅物そうな梨桜菜とは思えない艶っぽさについどぎまぎしてしまう。

「でも、それは梨桜菜さんに、なんだか悪いかも……」

「私は圭斗くんの母親なの。ちゃんと甘えていいのよ。それともイヤ？」

少し梨桜菜が悲しそうな顔をする。

「イヤじゃないよ、梨桜菜さんと、キスの練習したい……」

「そう、じゃあ……決まりね」

そう言って梨桜菜は大胆に圭斗へ唇を近づけてくる。

「本当にキス、しちゃうからね」

吐息の絡む距離で、梨桜菜はそう告げる。肩口がかすかに震えていて、あれと思ったものの、圭斗は神妙な面《おも》持ちで頷く。

刹那、圭斗の唇は奪われてしまっていた。

ちゅばちゅばとイヤらしい音を立てて、唇の粘膜を擦りつけあう。どちらともなく舌先が伸びていき、互いに絡み、擦りあわせる。

圭斗にとっては初めてのキスで、口腔を犯される愉悦に夢中になってしまっていた。

実母のものかもしれない口の中をしゃぶり、その舌に自身の舌を巻きつける。

梨桜菜の唇や舌の柔らかさ、甘さ、そして粘膜同士の擦れるいけない悦楽に、圭斗は酔い痴《し》れ、夢中になっていく。

溢れる唾液を交換し、息のつづくかぎり淫靡な母子は互いの存在を貪り求めた。

「ぁふ……だいぶ、上手くなってきたね、キス……私、感じちゃった……」

お固いはずの梨桜菜が瞳を蕩けさせつつ、淫らな吐息を漏らす。

「ボク、実はキスは初めてで……ちゃんと、できてたかな……緊張して、よくわからなくて……梨桜菜さんのキスはとってもエッチだったよ……」

「うそ、ファーストキスなの……そうか、十四歳だもんね……」

圭斗の初めてを奪ったと知って、梨桜菜は顔を赤くする。

「じゃあ、もう一回する。練習だから、いいわよね、んちゅッ」

「はい、梨桜菜さん。練習……だよね……んちゅ、ちゅぱッ」

昂《たかぶ》りが抑えられず、今度は梨桜菜のほうが激しく圭斗を求めた。強く唇を吸いたて、何度も粘膜を絡ませる。キスの味を覚えたての小娘みたいに、梨桜菜の胸は高鳴り、自制が利かなくなってしまっていた。

熱い吐息を絡め、唾液を交換しあい、練習と言う名の、本気以上のディープキスの応酬が繰りかえされ、二人ともすっかりのぼせてしまう。

それから二人は互いの背中を流しあうことになった。

言いだしたのは圭斗だ。

「圭斗くんは、その、やましい気持ちがあって、言ったわけじゃないのよね」

そう梨桜菜は念を押す。

けれど、梨桜菜のほうが内心はやましい気持ちでいっぱいだった。

年頃の男子が自分の肌に触れ、まさぐって、正常でいられるはずがない。さすがに母親の矜持《きょうじ》もあって、自分から圭斗を押し倒すわけにはいかなかったが、圭斗から迫ってきたら仕方がない、そう考えていた。

「……仕方ないわよね……そう、仕方ないの……」

「梨桜菜さん、何か言いました？」

「あ、いや、何でもないのよ」

梨桜菜は自分の本心を必死に隠し、圭斗に自分の背中を委ねる。圭斗は胸やお尻を揉みしだいたり、撫でまわすことなく、背中を流してくれる。

彼のそんな生真面目さが好ましく、同時に物足りなかった。熟れきった女盛りの裸身は圭斗を求めて、切なく疼く。

圭斗が梨桜菜の背中を流し終えると、今度は梨桜菜が彼の背中を流す番だ。手にボディソープをたっぷりと取ると、圭斗の裸身に塗りつけてやる。背中だけではなく、お腹や股間まで。

「そんなところまで、いいよ……ぁ……ぅぅ……」

「よくないの。しっかり洗わないとね」

梨桜菜は邪《よこしま》な情欲を顔に出さないようにしつつも、手指は少年の敏感な箇所を這いずりまわっていく。圭斗のペニスはローションみたいにぬるついたボディソープの感触にたまらず勃起してしまう。

「ここも、洗うわね。圭斗くんの大切なところ」

雄々しく隆起した芯柱をあくまで事務的に、けれど丁寧に洗っていく。

ボディソープの液を多量に手に取り、にゅるにゅるとした手で、圭斗自身をしごきあげ、絶え間なく、いけない悦びを注ぎこみつづける。

「うぅ……ぁぅぅ……ぅぅッ……梨桜菜さん……こんなにしたら……出ちゃうよぉ」

「いいのよ、出しても。私も圭斗くんのママよ。いっぱい気持ちよくなってもいいの。もう手の中でおち×ちんがヒクついて、限界が近いみたいね」

冷静を装う梨桜菜だが、裸身は薔薇色に染まり、瞳は発情に蕩けていた。経験の浅い圭斗は気づいていないだけだ。

梨桜菜自身、もはや隠そうとはせず圭斗を一気に責めたてた。

特に敏感そうな先端にしなやかな五指を淫らに絡ませ、射精を強烈に促《うなが》す。パールのネイルが圭斗の切っ先を擦り、下腹部を甘く蕩けさせていく。

屹立はきつくそり返って、その鈴口からカウパーをだらだらと溢れさせて、暴発寸前の様相を呈していた。

「すっごいガチガチっぷりね、圭斗くん、本当にもう大人の男ね」

「だって、ぁぁ……梨桜菜さんの手がエッチすぎて、もう我慢できない、ああ、出したい、出させてッ」

圭斗は下腹部に当たりそうなほどそり返った刀身を梨桜菜へたまらず擦りつける。

「ちょっと、待ちなさい。ぁん、こらッ、圭斗くんッ」

バランスを崩した梨桜菜は床に四つん這いになってしまい、むっちりと成熟しきった双臀を圭斗に突きだす格好になった。

男を惑乱させる艶尻に圭斗は磁石のように自然に引きつけられてしまう。

ボリュームのある二つの尻たぶに手を添えると、指先が沈みこむような柔らかさと、弾むような反発が同時に感じられ、その感触に溺れてしまいたくなる。

「あふぅう、もう、圭斗くん……乱暴なのはだめよ」

そうたしなめられ、ペニスをその生尻へ擦りつけることを躊躇してしまう。

切っ先は物欲しげにカウパーを溢れさせ、梨桜菜の尻で感じたい、射精したいと切なげに訴えかけていた。

「あ、ご、ごめんなさい、でも我慢できなくて……梨桜菜さんのお尻、怒られちゃうかもしれないけど、素敵だよ。柔らかくて、大きくて、何よりも引き締まってて、後ろから見てると、ぐいぐい迫ってくる感じがすごくて……こんなの反則だよ」

「反則だなんて……そんなこと、言われても……」

最愛の息子の手で、尻たぶをつきたてのお餅のように揉みこねられ、梨桜菜は羞恥に体を震わせ、美しく乱れる。突きつけられた圭斗の剛棒に秘所は熱く蕩け、内奥からじゅんと果汁が溢れた。

セックスを何年もしていない飢えた女体は、息子の怒張に激しく欲情してしまっていた。

一度点《つ》いた欲情の焔《ほのお》は消えることなく、激しく燃えあがり、梨桜菜を苛《さいな》む。

「お尻がいいの？　なら、今日は特別よ。私のお尻で、圭斗を気持ちよくしてあげる。ほら、苦しそうなおち×ちんを思いきり、ここに擦りつけなさい」

梨桜菜は自らの両尻を振りたてて、圭斗の剛直を妖しく切れこんだ狭間に誘いかけてくる。

「うん、いくよ。ぁぁ、あぁぁァッ、あうぅぅッ」

圭斗は尻たぶに屹立を潜りこませ、その脂肪の狭隘の締めつけを堪能する。腰を動かすたびに、お尻の谷間に雁首が擦れて、切迫した射精感に襲われ、震えは梨桜菜にまで伝わりそうだ。

圭斗の興奮がペニスの動きとともに伝わってきて、梨桜菜の愛欲もいっそう昂りを見せる。屹立に絡んだボディソープが尻の谷間で擦れて、淫靡な粘着音を立てる。

そのぬかるんだ極上の感触に責めたてられ、尻たぶの狭間で激しく締めつけられると、圭斗は吐精寸前まで一気に追いつめられる。

「もう、もうッ、梨桜菜さんにぶちまけちゃうッ、ごめんなさいッ」

「いいのよ、圭斗くんのいっぱい、私のお尻にかけて」

「うぉおおおおおッ！　出す、出すよッ！」

梨桜菜の言葉に安心したのか、圭斗はふだん出すことのない激しい雄叫びとともに、夥《おびただ》しい量の白濁を放出する。

びゅくびゅくと溢れた精は梨桜菜の艶やかな背中を、そして清らかな尻たぶをどろどろに染めあげていく。

「ああ、あぁッ……圭斗くんの、息子の精子で、身体を汚されちゃってるのに……こんなに感じてしまって、私、母親失格ね……でも、すごく興奮してしまう……」

ひとしきり射精しきった圭斗のペニスは若さもあって、ほどなく力を取り戻しはじめた。

梨桜菜はすっかり発情しきって、四つん這いのままメス犬みたいにを腰を揺すって、圭斗のペニスをねだる。

「圭斗くん……大人になったんだから……せ、セックスの練習も必要よね……ほら、私のここに、圭斗くんのおち×ちんをあてがって……」

メスの本能が命ずるのだろうか、梨桜菜は圭斗の挿入を強く欲していた。

「え、で、でも、梨桜菜さんとセックスだなんて……ボクにそんな資格なんて……」

蕩けきってヒクつく梨桜菜の花弁はまるで別の生き物みたいで、真面目で堅物な印象の彼女の持ち物とは思えないほどだ。

濡れた朱唇は蜜をはしたなく溢れさせ、異界の生物であるかのようにいやらしくヒクつく。

尻たぶをくねらせて圭斗を誘う様は妖しく、捕食されてしまいそうな迫力が漂う。

初めて見る梨桜菜のあけすけなメスの顔に、まだ十四歳の圭斗はびっくりしてしまって、半勃ちしたペニスはたちまちのうちに萎えてしまう。

「ほら、圭斗くん……お願いよ……して……私とセックスして……」

梨桜菜は恥も外聞もなくおねだりする。けれど圭斗が奮い立たせようとするほどにペニスは力をなくしてしまう。

「ぼ、ボク、梨桜菜さんが大好きで、セックスもしたいんだよ……練習とかじゃなくて、梨桜菜さんとしたい……でも、なんだよ、くそ、言うこと聞いてくれなくて……」

その悲痛な言葉は、たちまち梨桜菜に理性を取り戻させる。

「圭斗くん……ごめんなさい……大人なのに、だめなこと言ってしまって」

あえて笑顔でそう言ってみせるものの、梨桜菜の表情には落胆の色がありありと窺えた。

突きだされた臀部も、物欲しそうに口を開けていた秘所も、心なしか迫力を失い、うなだれているようにも見えた。

「もう大丈夫よ。いっしょにお湯に浸かりましょう」

湯船で並んで座ると、梨桜菜は圭斗を優しく抱きしめてくれる。

圭斗は梨桜菜への思いを伝えたくて、その身体を隅々までまさぐり、求めた。

母子は互いの存在を剝きだしの皮膚で感じ、温もりを通いあわせ、親子愛と官能の海に浸りきったひとときを過ごす。

バスタオルもなく裸で湯船に浸かり、ときどき抱きあったり、おっぱいに甘えたりと、今までの母子の時間を取り戻すように触れあう。また、学校のことや、趣味のことなど、いろんな話をした。

「ねえ、圭斗くん……セックス……またしましょうね……練習なんだから、何回失敗してもいいのよ。最後は私にちゃんと射精してほしいの……」

「れ、練習だけど、本気になっちゃうよ……ボク……それでもいいの……」

そう聞かれて、梨桜菜は返答に窮してしまう。

圭斗のことを考えれば母親と爛れた関係になるなど、あってはならないことだ。

ただ、梨桜菜の自身の女は疼き、圭斗を欲《ほっ》していた。

本気になる、そう言われて梨桜菜の身体の芯は悦びに甘く締めつけられてしまう。

梨桜菜は黙ったまま彼の身体をそっと引き寄せた。

そうして、圭斗への返答代わりに、愛情とそれ以上に昂る情欲をこめて、彼の細身の身体を抱きしめるのだった。

# 第三章　カーセックスでの潮吹き絶頂

「はい、着いたわよ。圭斗くん、今日は無駄遣いしちゃダメよ」

圭斗が二人の母親と同居を始めたばかりの週末。

梨桜菜は、あやめや圭斗を乗せ、近くのアウトレットモールへと車を飛ばした。

荷物が多くなるかもしれないということで、車はあやめのミニバンになった。後ろの座席を倒せば、かなりの広さのフラットなスペースを確保できる。

オープンして数カ月のモールはまだ真新しく、入っているテナントも流行のショップで占められていた。

三人はあちこち目移りさせながら、モール内を進んでいく。

「んふふ、けいちゃんとお買い物、楽しみねえ」

「ボクも。みんなで出かけるとわくわくするよね、えへへ」

「みんな、どんどん買っていかないと、日が暮れちゃうわよ」

あやめや圭斗があちこち寄り道しながら進むのを尻目に、梨桜菜は必要なものをてきぱきと揃えてまわる。

「あれ、二人は？」

ふと梨桜菜が脇を見ると、圭斗とあやめはいなくなっていた。

付近を探すと、二人は近くのゲームコーナーにいて、クレーンゲームに夢中になっていた。

「あやめさん……そんなにくっついたら、胸、当たって……集中できないよぉ」

「あらあら、ごめんなさい……でも、あと少しよ。大きなクマさん、取っちゃいましょうね」

圭斗がクレーンゲームを操作している脇で、あやめは固唾《かたず》を呑んで見守っていた。ゲームの筐体《きょうたい》にかぶりつくあやめの無邪気な愛らしさは、同性の梨桜菜でさえ微笑ましく思えてしまう。

あやめに密着されても、圭斗は上手《うま》くクレーンを操作し、目当てのクマのぬいぐるみを勝ち取ったようだ。

圭斗の愛らしいガッツポーズに、梨桜菜までうれしくなってくる。

「ほら、二人とも買い物終わってないのよ。それにあやめさんも人前で圭斗くんにべたべたしないの。いい大人でしょ」

あやめはまるでぬいぐるみみたいに、圭斗をぎゅっと抱っこしていたところだ。魅惑の塊《かたまり》が顔面に押しつけられ、青少年を惑わせている様は、傍目にも充分察せられた。

「あらら、ごめんなさい……梨桜菜さんに叱られちゃったわねえ……いけないママよね、うふふ。でも、梨桜菜さんは、けいちゃんにぎゅううって、ママ抱っこしてあげないの？」

「え、それは……私のことは関係ないじゃない……」

いきなりの反撃を受けて、梨桜菜は気勢を削《そ》がれてしまう。

「本当かしら……今日だって、梨桜菜さん、けいちゃんと二人でお出かけしようとしてたわよねえ。だって、車借りたいって私に言って……その、まるで一人で行くような口ぶりだったもの……」

満面の笑みでそう言われると、梨桜菜は脇を向いてしまう。あやめの言うとおり、二人で出かけるつもりがしっかり彼女もついてきたのだった。

「知らないわよ。さ、圭斗くん、行くわよ」

「あ、うん。そうだ、あやめさん、このぬいぐるみあげるよ。ボクが持ってても仕方ないし……」

「本当にいいの？　けいちゃん、優しい。んふふ、大切にするわね」

あやめは圭斗からもらったクマのぬいぐるみをぎゅっと抱きしめた。梨桜菜は優しい目で二人のやりとりをじっと見つめていた。

――圭斗くんって、やっぱり優しいのよね……中学生なのに、ずるいわよ。

その優しさは誰に対しても同じだ。

あやめが書店で本を見ている間、フードコートで休んでいた梨桜菜に冷たい飲み物を持ってきてくれる。

その無邪気な優しさに梨桜菜は強く惹かれてしまうとともに、かすかな残酷さを感じてしまう。

「ありがとう。圭斗くん、気が利くのね」

圭斗が買ってきてくれたのはタピオカミルクティーで、ココナッツミルクのほのかな甘さと、タピオカのつるんとした喉越しがたまらなく心地よい。

「私がタピオカ好きなこと、知ってたのね。話したことなかったのに……」

「でも、コンビニにいっしょに行ったら、梨桜菜さん、いつも買ってたから好きなんだろうなあって思って」

さりげなく自分のことを見てくれていた圭斗に、梨桜菜の胸はときめいてしまう。

——私も、まだ脈ありなのかな……。

梨桜菜がじっと圭斗を見つめると、圭斗も優しく微笑んでくれる。梨桜菜は照れくさくて、つい脇を向いてしまう。

——自分の息子かもしれない子にドキドキしちゃって、何やってるんだろ。

商社のやり手マネージャーとして、幾多の部下を引っ張り、業績を上げつづける梨桜菜だったが、圭斗の仕草に一喜一憂してしまう自分がおかしく思えた。

しばらく他愛もない話を楽しんでいると、やがてあやめが戻ってきた。

それから三人でしばらくショッピングを楽しむ。

最後に、あやめが調理用品の店をゆっくり見たいということで、梨桜菜と圭斗は先に車に戻ることになった。

昼過ぎのモール内は人ごみがすごくて、梨桜菜ははぐれないようにと、圭斗と手をつなぐ。

「ほら、圭斗くん。行くわよ」

「う、うん……あの……」

圭斗の戸惑いに気づき、梨桜菜は脇を見る。

「どうしたの圭斗くん？」

「その、手をつなぐのは、は、恥ずかしくて……」

言われて梨桜菜は、はっとなる。

「そうよね。私みたいな年上と手をつなぐなんて……恥ずかしいわよね……」

「ち、違うんだよ。梨桜菜さんが素敵すぎて……ボクが気後《おく》れしちゃうんだ……でも、梨桜菜さんがいいって言うなら……」

恥ずかしがっていた圭斗のほうが思いきって五指を、梨桜菜の指に絡めてくる。

——ぁ、うそ……恋人つなぎ……。

人の多いモールのど真ん中で、まさか圭斗から恋人つなぎされるとは思わなくて、手指に絡む愛息の指が梨桜菜の情欲を昂《たかぶ》らせる。

「圭斗くん……行くわよ……」

「うん……」

二人とも真っ赤になったまま、しっかりと手をつないで歩く。

指の股が淫靡に刺激され、公共の場であるにもかかわらず、興奮のあまりいけない声を出してしまいそうになる。

にじんだ汗がぬるつく感触さえ、心地よく、淫らに感じられてしまう。

今日、二人きりでショッピングに来て、手をつないだり、ご飯を食べたりと梨桜菜は久々にデートらしいことをするつもりだった。

性欲まみれの青少年を誘惑するぐらい簡単だろうと考えていた。けれど、梨桜菜のほうが初デートの中学生みたいにどぎまぎしてしまい、圭斗に手を出せないでいた。

ただ、ここで行動を起こさないと、二人になれる次の機会がいつ巡ってくるかわからない。

——チャンスはあやめさんのいない、今だけね。

梨桜菜は勇気を振り絞って、駐車場へと向かった。

＊

車に着いた圭斗と梨桜菜は、そのまま買い物の荷物を前の座席に積み込む。それから後部座席を二列とも完全に倒して、座敷のようにフラットなスペースを作る。

「こうしたら足も伸ばせるし、楽にできるわよ」

「本当だ……」

平らになった後ろの席の周りはスモークガラスで覆われて、落ち着いた個室のようになっていた。

圭斗が足を伸ばした脇で、梨桜菜もリラックスして足を伸ばす。

剝きだしの腕同士がかすかに擦れあって、圭斗も梨桜菜と二人でいるんだと強く意識してしまう。

梨桜菜がそのまま手指を再び絡めてきて、圭斗も応じた。

綺麗なパールカラーに仕上げられた梨桜菜のネイルは色っぽくて、手をつなぐと、指先がつるんとした爪に触れる。その感触に大人の女を強く感じて、圭斗は妙にどぎまぎしてしまっていた。

梨桜菜は身体にぴったりしたジーンズに、薄手ニットのサマーセーターというカジュアルな格好で、スーツの凜々しさとは違う家庭的な愛らしさがあった。

双乳はニット地を突きあげ、美しく迫《せ》りあがった半球の丸みを惜しげもなく晒している。梨桜菜は身体を大胆に圭斗にもたせかけ、肩口で切りそろえられた髪で甘く首筋をくすぐる。

密着した上半身からほのかに漂う香水の甘い香りに、圭斗は牡の疼きを感じてしまう。

同級生の女子にない大人の女の剝きだしのエロスは、中学生の圭斗には強烈すぎた。

「梨桜菜さん……なんか、二人きりでいると……変な気分になっちゃうよ……」

「いいのよ、変な気分になっても……私も同じよ……」

梨桜菜の息づかいと緊張が肌越しに伝わってくる。それにあわせて圭斗の気持ちも否応なく昂ってしまう。

「前みたいに、練習しない……ここだと誰にも邪魔されないし……」

「いいの……練習って、その……」

セックスのだよね、という言葉が出てこない。

圭斗がどぎまぎして梨桜菜を見つめると、梨桜菜は圭斗の視線にいやらしく視線を絡めるように見つめ返してくる。そのままぽってりと厚い唇が近づけられ、たちまち唇を奪われてしまう。

「んぅぅ、んちゅッ、圭斗くん……ぁふぅぅ、んぅぅッ、んちゅ、ちゅぱ、れろろ」

「うう、ぁふ……梨桜菜さん……」

甘く優しい梨桜菜の口づけに圭斗は脳髄まで甘く蕩けさせられる。舌先が彼の唇に割って入りこみ、その口腔を犯してくる。

圭斗の名を何度も呼び、唇粘膜を擦りつけ、喉奥まで舌を押しこんでくる。その苦しさと甘やかさに、圭斗の頭はぼおっとなった。

口腔で愉悦を貪《むさぼ》り、その唇を離すと、蜜が糸を引いてブリッジを作る。

梨桜菜との激しいキスのせいで圭斗は身動きできず、はあはあと息を荒げつつ、その痺れるような法悦に浸っていた。

そんな圭斗の前で、梨桜菜は足を投げだしたまま腰を左右にグラインドさせつつ、ぴっちりとフィットしたジーンズを脱いでいく。

新雪のように真っ白できめ細やかな太腿が覗き、エメラルドグリーンのショーツが鮮やかだった。幾重にもレースが重ねられた上品なもので、シルク地の滑らかな輝きが梨桜菜の大人の色香に華を添えていた。

狭い車内で梨桜菜は身体を横倒しにしつつ、足に引っかかったジーンズをずり下ろしていく。豊かに実った双尻が圭斗に向けられ、その大きさを誇示するかのように震えた。

梨桜菜が腰を跳ねさせるたびに無防備な下肢が露《あらわ》になり、うず高く盛りあがった尻たぶは妖しく揺れ、圭斗をさらに昂らせる。

そしてジーンズを脱ぎ捨て、下半身を包むのはあでやかなグリーンのショーツだけとなった。

「圭斗くんのここ、大きくなってる……私でも反応してくれてるのね……」

梨桜菜は母親の顔をかなぐり捨て、発情しきったメスの顔を見せる。頬は朱に染まって、瞳はかすかに潤み、愛しそうにテントを張ったズボンに頬ずりを繰りかえした。

「ああ……梨桜菜さん……そこは……ぁうぅぅ……」

梨桜菜はズボンチャックの金具を嚙みしめると、そのまま歯でチャックを下ろしてしまう。ふだんの梨桜菜ではありえないはしたない行為に圭斗は息を飲む。理性の皮を脱ぎ捨て、一匹の美獣と化した梨桜菜はそのまま勃起したペニスをしゃぶり、喰らいつく。

「んじゅるる、はふ、圭斗くんのここ、すごい……ふだんあんなにおとなしくて、可愛いのに、このたくましさと大きさ……たまらない……」

先端から根元へと唾液で丹念にコーティングし、しゃぶりあげていく。猥雑な唾液の音が狭い車内に響き、外からの陽の光に濡れた切っ先が艶やかな照りを見せる。

「梨桜菜さん、ぁぁ、すごくエッチだよ、ぅぅッ」

乱れた梨桜菜の姿に圭斗の屹立はさらに大きさと硬さを増す。彼女は狂ったように怒張に夢中になり、仰向けの圭斗に跨がった格好のまま、フェラチオをつづけた。

「ああ、梨桜菜さんのショーツが、んぅぅ、押しつけられて、ぁふぅぅ……」

梨桜菜は興奮のままに股間を圭斗に向け、自分が上になるシックスナインの格好を取ってしまった。おねだりするかのように圭斗の鼻面へエメラルドグリーンの股布が擦りつけられる。溢れたラブジュースがクロッチ部をしとどに潤わせて、それが染みを作った。

「はふぅ、エッチな匂い、すごくて……はぁ、はぁッ……」

噎《む》せかえるような梨桜菜の牝汁の香りを、圭斗は貪るように肺いっぱいに吸いこみ、堪能する。鼻面をぐいぐいとショーツごしにスリットに押しつけ、溢れる蜜を舌で舐めとった。

「ぁ……あんッ……圭斗くん、激しい……おま×こを刺激しては、だめッ……」

「梨桜菜さんだって、ボクのおち×ちんを舐めてるから、おあいこだよ、んぅぅッ」

圭斗は梨桜菜の尻たぶを掴み、そのゴム鞠みたいな弾力と格闘しつつ、鼻先でクロッチのシルク地をずらしてやる。

甘露が滴り、ぬかるんだ朱色の姫唇が露になる。すでに口を半開きにした秘口からは甘い発酵臭が漂い、圭斗を誘う。

好奇心のままに舌を伸ばし、合わせ目の入口をしゃぶりあげる。

「ぁひぃぃッ……ぁぁ……あううぅ……圭斗くんッ、ママのあそこ、しゃぶっちゃ、ぁ……ぁん、ぁんんッ、だめ、ッ……ぁぁぁッ」

梨桜菜は均整の取れた艶尻を振りたてて、身悶えする。

ふだん決して見ることのない乱れっぷりに圭斗は刺激され、その膣を奥深くまで舌でシェイクし、愛液を啜り飲む。

「んむぅぅ、梨桜菜さんのここ感じてくれてるんだね。たくさん、いやらしい液が溢れて、止まらないよッ」

「ぁぁ、だから、エッチなお汁、飲んではだめ……だめぇぇぇッ……」

梨桜菜は膣を舌先でかきまわされ、興奮は頂点に達していた。

「私、息子におま×こしゃぶられて、ぁふぅぅ、感じちゃって、ぁはぁぁぁッ……でも、気持ちいい、いいのッ。あはんッ、よすぎてぇ、あああ、もっと、して、奥まで舐めて……ぁぁ、ぁはぁぁぁ、あ――ッ!!」

そのまま恥ずかしさをごまかすかのように、圭斗のそり返ったペニスを舐めしゃぶり、愛しつづける。

舌先が雁首に巻きつき、搾るように何度も刺激する。根元のふぐりをちゅぱ吸いしたかと思うと、今度は鈴割れにねっとりと唾液を流しこみ、ちゅぱちゅぱと激しくバキュームする。

「ううぅッ、梨桜菜さんのお口、感じるよ……もう出しちゃいそう、ぁううぅッ！」

圭斗は腰を突きあげて、梨桜菜の口腔の感触を貪る。

イラマチオのような激しい責めに梨桜菜は苦しそうにしながらも、健気《けなげ》に応える。カウパーが溢れ、感じやすくなっている亀頭を舌先で転がし、ちゅぱちゅぱと頬をひょっとこのようにして激しく吸いたてる。

迫りあがる射精感に耐えきれず圭斗は背すじをのけぞらせつつ、腰を小刻みに震わせた。

「ああ、出ちゃうよ、梨桜菜さんのお口に出しちゃうよ」

「んむぅぅ、いいわよ、出しなさひ、ママのお口に、圭斗くんの精液、出しなさひッ……ぁむぅぅ、んじゅぱ、じゅぱッ」

セミロングの綺麗な髪を振り乱し、尻を妖しく揺らしつつ、梨桜菜は激しくディープスロートをつづけた。

唇から屹立が姿を覗かせ、それがたちまち根元まで呑まれる。

喉から口腔にかけてを柔軟に使い、名器もかくやと言うほどに舌を屹立に絡みつかせ、射精感を強烈に煽る。喉に亀頭が何度も当たり、その刺激で精嚢が引き攣るように押しあげられる。

「んむぅう、えううぅぅッ……圭斗くん、ママが受けとめてあげる、圭斗くんの全部っ、だから、出して、いっぱいママにぶちまけれぇぇッ……んんうぅう、んぅうッ」

唇の粘膜が屹立を撫でこする淫音が響き、梨桜菜の上品な唇は卑猥な秘裂と見まごうばかりに歪み、太幹を出し入れする。圭斗への思いが貞淑で真面目な梨桜菜を性の獣となさしめていた。

「ああ、出すよ、梨桜菜さん……ああ、出しちゃうよ、ママのお口の中に、ボクの精液、ぶちまけちゃうからねッ!!」

「んんんッ、来て……圭斗くんのなら、ママ、全部、受けとめてあげるから、んんんッ、ぅうう、えうううううぅ……ぅぅ……んぅうううぅッ……」

圭斗は梨桜菜の口腔に腰を激しく押しつけ、そのまま白いマグマを彼女の喉奥に噴きだす。

梨桜菜は目を白黒させながらも屹立を頰張りつづけ、溢れる白濁を丁寧に嚥下《えんげ》しつづける。

「ママ、梨桜菜ママが、ボクのを飲んでる……ぁぁ、全部、ぅうう……搾りとられちゃう……」

梨桜菜がかすかに頭を揺らしながら、喉を鳴らす様が圭斗にも伝わってくる。屹立には口腔粘膜が吸いつき、淫らな粘音とともに溢れるリキッドがバキュームされる。

同時に梨桜菜のクレヴァスは蕩けて、蜜が滴り落ちていく。

圭斗は零れるラブジュースを必死になって飲み、おま×こを吸いつづける。熟れきってぱっくりと口を開けた秘花をすみずみまで丹念にしゃぶって、その濃厚な女の味を堪能した。

「んぃぃ……ぁひぃぃ、んくんくッ、はふぅぅ、圭斗くんの精液、全部飲んじゃった……ぁふぅぅ、んじゅる、じゅるる、れろ、れろろッ、ぷは」

梨桜菜は圭斗の精汁をお腹に収めると、亀頭を恋慕の思いをこめてしゃぶりつづけた。屹立の首根に絡む残滓《ざんし》のほろ苦ささえ愛らしいようだった。そうして再び剛直が力を取り戻すのを感じると、メスの欲望が滾《たぎ》って抑えられなくなる。

下腹部を左右に揺すり、身体の芯についた炎を消そうとするが果たせず、果芯のはしたない勃起を自覚してしまう。

「梨桜菜さんのここ、大きくなってきて、んちゅ、ちゅぱッ、お返しに舐めるよ」

圭斗の舌先が肥大したクリを突き、その根元を揺さぶる。そのつど、快楽電流が脊髄を駆け抜け、梨桜菜の脳でスパークする。

「ん……んん――ッ!! ぅぅ、ぁくぅぅッ……圭斗くん、だめ……そんなにしたら、ああァッ、いい……クリトリスで感じてしまって……」

圭斗が舌で秘果をしゃぶるたびにあられもない嬌声をあげ、髪を振り乱して、梨桜菜は悶えた。言葉に反して、梨桜菜自身が圭斗にクンニをおねだりするかのように巨尻を突きだした。

「んむぅぅ、感じてよ、梨桜菜さん。ほら、もっと。ママの感じてる声、ボクに聞かせてよ、んちゅぱッ」

「いうぅぅ……うぅ、あぁッ……だめと言ってるでしょ、圭斗くんッ、あぁ——ッ、息子にクリトリスを舐められて感じるなんて……私、母親失格ね……ぁひぃぃ……」

梨桜菜は身を震わせ、肉づきのよい尻たぶを波打たせ、全身で暴れる愉悦と羞恥を堪《こら》える。額からは汗が噴きだし、姫割れはしとどに潤って、蕾の勃起は最大限に達していた。

「あぁ、だめ……そんなにしたら、圭斗くん……だめぇ……ッ……イッてしまう……」

「いいよ、ママ……イッてよッ……」

圭斗は姫先を思いきり吸いたて、歯で甘嚙みしてやる。

「け、圭斗くんッ……んぃいぃぃ……ら、らめぇぇッ、ぃひぃぃ——ッ！」

快美が背すじから頭のてっぺんまで貫き、梨桜菜は一気に絶頂させられる。

「イッたの、ママ。本当に、んちゅッ」

梨桜菜の絶頂がわからず圭斗はさらに果てて感じやすくなった、クレヴァスをしゃぶり、雌《め》しべを吸いたてる。

「ああ、圭斗くん……ッ、こら、圭斗、やめなさい……あぁ、そんなにしたら、また
イグ、私、イグぅぅ……ああ、おま×こを責められて、息子に連続でイカされひゃ
……ひぃぃッ、イグぅぅッ……ぃひぃぃ……んひぃぃぃぃッ！」

再絶頂とともに梨桜菜はおま×こをぶるつかせて、勢いよく潮吹きしてしまう。

「ああ、ママのおま×こからシャワーが出て……いっぱいかかっちゃった……」

「いや……そんなこと言わないで……うぅッ……息子に潮吹きまでしてしまって……

私、どうしたら……」

梨桜菜のショックも羞恥も何もかもが、絶頂の陶酔に呑みこまれてしまう。

頬を上気させ、淫らに生尻を振りつつも、圭斗をぎゅっと抱きしめる。

「圭斗くんは私だけの息子よ……もう離さない……」

「……うれしいけど……ちょっと苦しいかな……」

「あ、ごめんなさい……」

圭斗は息ができなくなるほどの梨桜菜の抱擁に、彼女の強い思いを確かに感じる。

二人は互いに果てた余韻に浸りつつ、ぬくもりを交換しあう。

汗の匂いも、ぬるついた肌の感触でさえも、相手の存在を感じさせて、何もしていないのに気持ちはさらなる昂りを見せた。

そんなときだった。

「あ、あれ……」

圭斗はふと車外の視線に気づく。

後部座席は三方をスモークガラスで囲まれていて、外から様子を窺《うかが》いにくくなっていたが、運転席の透明なガラスからは中が見える。

そこにいたのはあやめで、柔和な笑みを見せつつ、こっちに向かって手を振っていた。

「あ……」

つい圭斗は声を出してしまう。

まったくの他人に見られたわけでないのでまだマシだったが、それでもなんとなくバツの悪い気持ちになってしまう。

あやめはそのまま車のドアを開けると、狭い車内後部に潜りこんできた。

「んふふっ、エッチなことするのなら、私も仲間に入れてほしいわねえ……」

　圭斗のそばに顔を寄せて、あやめは色っぽく微笑んでみせる。間近で吐息がかかり、思わず息を飲んでしまう。

「だめ、だめよ。圭斗くんは、私とするの……」

　ふだんの梨桜菜とは思えない淫乱ぶりで圭斗の勃起ペニスに頬ずりすると、シックスナインの体勢から、仰向けになっている圭斗の腰に跨がった。

　梨桜菜はそのままサマーセータを脱いで、下着だけの姿になる。圭斗からは梨桜菜のきめ細やかで滑らかな、背中の柔肌が見える。

　肩甲骨の盛りあがりや、優美な柳腰が美しい。そんな非の打ちどころのない見事な肢体を持つ彼女が圭斗の母親であることに誇らしさと、それ以上に淫らな興奮を覚えてしまう。

「圭斗くん、セックス……しましょう」

　セックスという言葉にドキリとしてしまう。いよいよ梨桜菜と男女の仲になるのだ。激しい緊張が圭斗を襲い、心臓はばくばくと高鳴ってしまう。それこそ意識が薄れてしまうほどに。

「あやめさん、誰が圭斗くんのママか、教えてあげるわね」

これ以上にない妖艶な悪女の笑みで梨桜菜はあやめに挑戦状を叩きつけ、柔腰を淫らに揺すりつつ、ぐっしょりと濡れたショーツを脱ぎ捨てる。

そのまま腰を上げて、圭斗の剛直にラビアを押しあてて、ゆっくりと腰を下ろしていく……はずだった。

だが、硬くそり返っていたはずの怒張は柔らかくたわみ、そのままへにゃんと圭斗の腹の上に落ちついてしまう。

「え……圭斗くん……」

「あ……う……ごめんなさい……梨桜菜さん……その……なんで……だろ……セックスってなったら、緊張しちゃって……」

驚くほど梨桜菜は落胆し、何度も何度も自身の鼠径《そけい》部を圭斗のいきりに押しつけてみた。

「なんで、なんでよ……どうしてなの……」

「ごめんなさい……た、勃たないよ……うう……」

けれど圭斗はそれ以上に落ちこんでいて、それを見た梨桜菜は急に恥ずかしくなってきてしまう。

「大丈夫よ、圭斗くん……」

自分の感情も何もかも押し殺し、梨桜菜は彼を強く抱きしめる。その温かさに圭斗は存分に癒やされる。

だが、梨桜菜に挿入できるほど勃起するわけでもない。

「けいちゃん、私がやってみましょうか？」

「だめよ、これは私と圭斗くんの問題なのよ」

横合いから話しかけてきたあやめに、梨桜菜が猛獣のように噛みつく。

「あらら、でも、こうしたら元気にならないかしら？」

あやめはブラウスの前を開いて、新鮮な生乳房を露出させる。狭い車内で突きだされた生白い紡錘形の胸乳に圭斗の官能は激しく煽られる。

あやめは甘い吐息を吐きつつ、乳肌の柔らかさを圭斗のペニスに押しつけてくる。硬くしこった乳嘴に擦られ、さらに柔乳に揉みこまれて、いきりは力を取り戻す。

「んふ、ほらぁ、けいちゃんのおち×ちん、おっきしてきたわね。もっとリラックスして。梨桜菜さんに緊張しちゃったのかしらねえ……」

「ち、違うよ……梨桜菜さん、すっごく優しくて、エッチで……ぁうぅぅッ」

「あらら、私の胸で感じながら、梨桜菜さんを褒めちゃうなんて……なんだか少し、妬《や》いちゃうわねえ、んふッ」

あやめはいやらしい目で圭斗をねめつけながら、高く張った乳球を巧みに屹立へ密着させ、その先端から根元へかけてを淫らにしごきたてる。

「ううう、ぁうぅッ……」

刀身は激しく責められ、圭斗が唸る間にも充血し、硬さと大きさを取り戻していく。

「圭斗くん……私も……胸なら……いいのよね」

梨桜菜は体勢を変えながら、ブラを取り、たわわに実った砲弾形の双乳を露にする。狭い車内で圭斗の顔へ落ちかからんばかりに揺れる爆乳が、すぐさま勃起へぎゅっと押しあてられる。

二人の母親の、四つの円球のせめぎあいの中で、牡根はさらに隆起し、鈴割れから切なげにカウパーを溢れさせる。

「ああッ、梨桜菜さんとあやめさんのおっぱいが押しつけられて、ぅぅッ、そんなにされたら、出しちゃうよ……」

「もう、圭斗くん……おっぱいならこんなに反応するなんて、少し失礼よ」

「んふ、私のおっぱいに反応してるのよねえ。んぅぅ、ほら、乳首をおち×ちんの先っぽに擦りつけてあげるわね……」

梨桜菜とあやめは競うように、乳先がへしゃげるほど押しあい、その幹竿を互いの乳袋で覆い尽くす。

あやめが先っぽを責め、梨桜菜は根元を圧迫した。汗とカウパー、柔乳でまみれつつ、圭斗は射精欲求を押し殺すのに必死だ。

「うぅ、もう本当に、出ちゃうよ……それ以上はだめだから……」

竿胴がひくひくと脈動し、射精の近さを知らせていた。

「じゃあ、けいちゃんのおち×ちん、いただいちゃうわね……ほらママの中で射精していいのよ」

あやめは乳房の圧迫を緩めると、器用に身体を起こして、スカートを捲りあげ、下腹部を牡根に押しつける。すでにショーツは脱がれていて、受け入れ態勢は準備万端整っていた。

「な、何よ。そんな泥棒猫みたいな真似、許さないからね」

梨桜菜も身体をくねらせて、剛直の根元に秘所を押しつける。ぐっしょりと濡れた貝口に左右から挟まれて、屹立は優柔不断にぶるぶると震える。

「待ってよ、ああ、二人いっぺんなんて、無理だよ」

「あらまあ、んふ、でも、けいちゃんのおち×ちん、こんなにがちがちで、ぁはぁんッ、おま×この入り口、ごしごしって擦れて感じすぎちゃう……」

「どうして、私だけだとだめなのに、二人だと、こんなにがちがちなのよ。おかしすぎじゃない、圭斗くん……ぁふぅぅ、ぁぁぁ、あそこ感じる、圭斗くんの興奮が伝わってきて、ぁひぃぃッ！」

梨桜菜も、あやめも、興奮のままに腰を上下させ、ペニスの胴にそってクレヴァスを擦りつけていく。

ぬちゃぬちゃと秘裂がほぐれ、剛棒に絡みつく。溢れた蜜がかき回され、糸を引く。閉ざされた車内にメスの発情匂が充満し、喘ぎまじりの甘い熟女の声が響く。

息苦しさに頭の芯がぼうっとなり、理性が情欲に組み伏せられつつあった。

圭斗は二人の母親の淫裂を刺激するかのように、腰を上下させる。切っ先が蜜口を刺激し、クリトリスを擦る。

「んぅうぅ、けいちゃん、いい。ぁぁ……すっごい、やっぱりやればできるのね、んふぅ、ぁああぁッ、いい、もっと、もっとして、おま×こ感じさせて……」

「ぁくぅうッ、圭斗くんの極太チ×ポが、おま×この入り口でごりごりして、イグ、ぁあぁぁ、私、挿入されてないのに息子チ×ポでイカされひゃぅぅ……んぅぅッ」

蜜割れと屹立のつば競りあいに淫らな音が奏でられ、昂りに身を任せた激しい営みで車体がぎしぎしと揺れる。

「二人とも……外から見られちゃったら、大変だよね、ぁぅぅッ」

「けいちゃん、意地悪言っちゃダメ。もう、見られてしまっても、ああッ……腰が止まらないのッ、いいッ、いいよ……ッ……んくぅぅッ……」

「本当よ、圭斗くん……こんなところ誰かに見られたら、ぁぐぅぅ、どうなってしまうの。でも見られるかもしれないって思うと、ぁんんッ、興奮して、もっと気持ちよくなってしまう……圭斗くんのチ×ポで素股ッ、最高すぎ……ぁはあぁぁッ！」

圭斗たちがカーセックスしているのは、人混みで溢れるアウトレットモールの駐車場だ。誰かに車内を覗かれても不思議はない。

見られるかもしれないという緊張感が梨桜菜やあやめの感覚を鋭敏にし、セックスの快感を極限まで高めていた。

二人のママは、圭斗の隆々とそり返った剛直へクレヴァスを淫らに押しつけ、雁首の張りだしにクリトリスを絡ませ、その愉悦を貪りつづける。ラブジュースはとめどなく溢れ、圭斗の下半身をふやけさせていた。

「ぁーっ、けいちゃん、もう、もうっ、イクっ。ママ、イッてしまうのッ……」

「私もよ……圭斗くんのチ×ポで、ぁおおぉぉぉ、だめになってしまう、ああッ！」

「二人とも、イッてよ。ここから二人のイク、いやらしい顔、見たいな」

圭斗は腰をさらに小刻みに動かして、二人を追いつめていく。

色白で上品な艶めかしさをたたえた梨桜菜。

そして熟れきって落ち着いた大人の色気が溢れるあやめ。

二人の半裸熟女が圭斗の腰の動きにあわせて、乱れ悶え、ただのメスに堕ちていく様はエロチックで、何度も迫りあがってくる射精感とあわせて、圭斗の牡を刺激する。

重力に逆らうように突きだした爆乳が目の前で激しく揺れ、女たちの絶頂が近いことを示していた。

「ああ、イクッ、イッてしまうの、ああッ、けいちゃんにイカされひゃう、あぁぁッ、見て、ママがイクところを、けいちゃんに見てほしいの、ぁはぁぁぁ、イクぅッ……ひぐぅううぅッ……」

「圭斗くん、今度は私の中でちゃんと満足してもらうからね、ああ、あッ、あはあッ……ぃはあぁぁッ……」

二人の母親は裸身を引き攣らせつつ、喉元を無防備に晒しつつ絶頂に達する。梨桜菜とあやめ、二人のたわわな双乳がぎゅむむと押しつけられ、淫靡に歪んだ。

同時に、二人の花弁は果てた勢いで剛直に激しく絡む。

「ううッ、ボクも出すよッ。二人の身体にかけるね!」

その刺激と震えに圭斗は白く滾る灼熱を噴火させる。勢いよく噴きあがった精はイッてしまった美熟女の裸身にいやらしい精化粧を施していく。

「あら、まあッ、ぁぁ、もっと、もっとかけて……ママをけいちゃんの精液まみれにして、お願い……」

「私も、んんんっ、もう何回もかけられてるのに、やっぱり興奮しちゃう……圭斗くんのザーメンに全身どろどろに汚されたい……息子の精液の香りに、ぁふぅ……ザーメン酔いしてしまう……」

噎せかえるほど濃厚な栗の香《か》を、梨桜菜もあやめも満足そうに吸いこみながら、全身にかかった精液をあえて素肌に広げつつ、圭斗に艶めかしい視線を送る。

「甘くって、生っぽくて、けいちゃんを感じるわねえ……ああ、す～は～、いっぱい深呼吸して、感じさせてもらうわね……んふぅぅ……」

「本当に息子のザーメンを全身ぶっかけされて、よがり顔しちゃうなんて……ママ失格って言われそう……でもママだから、圭斗くんとエッチして感じちゃうのよね……ぁふぅぅ……私、やっぱり圭斗くんのママなのよねえ……」

精液に彩られた母親の、妖艶でいながらも気高さを失わない美しさに、見惚れてしまう。

「二人とも、どろどろにしちゃった……」

　圭斗は母親を二人を同時に絶頂させた満足に浸りつつ、さらに精を噴射させ、二人の高く張った乳房をどろどろに汚し、マーキングする。

「あ、また、ごめん、んんッ……」

　謝りながらも、圭斗は精を放ってしまう。

「あんッ、あらら、んふぅ……私のこともっと汚して……んふっ、息子に汚されるなんてママ冥利につきるわねえ。ぁはぁぁ……」

「……圭斗くん……今度は……ちゃんと私と……ママとしようね……ママも頑張るから……」

　梨桜菜は圭斗とできなかったことが悔やまれるのだろう。陶酔しきったアヘ顔のままで、うわごとのように呟く。吐精の愉悦のただ中を彷徨《さまよ》いつつも、梨桜菜に挿入できなかったことが心残りだった。

　大好きな梨桜菜を今度こそ、そう圭斗は心に決めた。

　同時に腰をビクビクと跳ねさせ、屹立の脈動とともに牡汁を放ち、母親たちの淫らな裸身を汚すのだった。

# 第四章　手ほどきエッチで童貞喪失

翌日、圭斗が朝起きて、寝ぼけたままリビングに向かうと、キッチンに立ったあやめが優しく出迎えてくれた。

「けいちゃん、おはよう。よく眠れたかしら？」

「おはよう。ぐっすり寝て、ちょっと寝すごしちゃった……」

「今日は日曜日だもの、ゆっくり寝れてよかったじゃない」

朝食のサラダ用だろうか、あやめはガラスボウルに入れたレタスの葉をちぎっていた。

梨桜菜はいつもどおり少し早く出たようで、朝食を終えたあとの皿やコーヒーのカップがテーブルの上にあった。

「けいちゃんにはサラダがあるから、ちょっと待ってね」

キッチンから純白フリルエプロンのあやめが話しかけてくる。いつもながら胸元の乳房はたわわに実り、エプロンの薄布を押しあげていた。

谷間は惜しげもなく晒されていて、深く切れこんだ峡谷が彼を幸せな気持ちにさせる。

——あれ、エプロンの下にすぐおっぱいって見えるのかな。ブラウスとかパジャマとか着るものが……。

まだ寝ぼけたままあやめの立ち姿を見ていると、彼女がくるっと向きを変えてお皿を棚から取りだす。

そのときに剝きだしの素肌の背中が目に飛びこんでくる。

きめ細やかで、白く抜けるような背中から腰の柔肌。そこからお尻の妖しい切れこみと盛りあがりまでが見てとれる。

エプロンは首から掛けられ、腰の後ろで紐が縛られているだけで、あやめはほぼ半裸の姿だった。

——あやめさん綺麗だなあ……こんな素敵な身体のヒトがボクの母親なんだ……肌も艶やかで、お尻も、胸も大きくて、髪もさらさらしてて。

そこまで思って、ふと圭斗はある事実に気づいた。

「あやめさん……その、エプロン。裸エプロンだよね、それ……どうして」

「もうねぼすけさんね、やっと気づいてくれた。んふふッ」

あやめはうれしそうに腰を左右にくねらせる。大きく迫《せ》りだした尻たぶが震え、その密度と弾力を伝える。

「けいちゃんが前に可愛いってエプロン褒めてくれたから……それにお母さんみたいな感じがするって……だから、ちょっと勇気を出して、裸エプロンにしてみたの」

そのまま盛りつけたサラダを圭斗の前に置くと、圭斗と並んだ椅子に座る。新鮮なサラダ以上に瑞々《みずみず》しいあやめの裸身にどうしても目を奪われてしまう。

あやめは頬を赤らめて、かすかな吐息は熱っぽくて、潤んだ双眸でじっと圭斗を見つめている。

「……えっと」

ゆで卵を頬張っていた圭斗は、あやめと目があってしまい、あわてて目をそらす。

今度はむっちりと裸エプロンに押しつまった妙齢の熟女の裸身に視線を注いでしまう。あやめの艶めかしい姿に、圭斗のペニスは朝から反応してしまう。

「もう、私の身体ばかり見ていないで、きちんと野菜を食べてね」

「あ、うん」

あやめに促《うなが》されて、圭斗は野菜サラダを頬張り、目玉焼きを平らげた。さらに焼いたトーストにイチゴジャムをつけて食べる。

圭斗が朝食を食べる様子をあやめはにこにこと眺めていた。

——いったい、どういうつもりなの、あやめさん。エッチすぎて落ちつかないよ。

真横で発情したメスの香りを全身から発散させつつ、熱っぽく迫ってくるあやめに、圭斗の頭は混乱してしまう。

昨日のカーセックスがよくなかったのかもしれない。あやめは帰ってからも切なそうな様子だった。

今思い返せば、圭斗を見る目は母の優しさと、熟れた女の熱情とが入り混じっていたような気がした。

——あやめさんと、せ、セックス……だ、だめだよ。そんなこと考えちゃ……。

頭の中のいけない妄想を何度も振りはらおうとするものの、それはさらに大きくなって圭斗を支配し、誘惑する。

そして圭斗の食事が一段落ついたところで、

「もうお腹いっぱいかしら、けいちゃん……」

あやめはぎゅっと身体を圭斗へ押しつけてくる。甘いミルクの香りが双乳の合間から漂ってきていた。

「よかったらだけど……私の、ママのミルクはどうかしら？」

温かで、しっとりとした柔肌が押しつけられ、甘い呼気が耳朶を打つ。

「昨日のけいちゃんたちとエッチなことをしてから……それが頭から離れないのよ。ずっと身体の芯が火照っちゃって……」

あやめはエプロンから大ぶりの乳房を片方だけ取りだして見せる。すでに乳首は大きく尖り、乳腺から溢れた蜜が滲みでていた。

「前に私、興奮すると、お乳が出ちゃうって話してたと思うの……ほら、今も溢れたミルクが止まらなくて……けいちゃんに飲んでほしいのよ」

切なそうな顔のまま、あやめはもう片方の乳房もさらけだす。両の乳塊からは濃厚な母乳の香りが漂い、圭斗の鼻孔を心地よくくすぐる。

「けいちゃんのためのミルクよ……」

「ボクのための……」

眼前に突きつけられた爆《は》ぜんばかりの巨乳に、思わず生唾を飲んでしまう。

「そのままだと赤ちゃん用だから……あま～く味付けしちゃおうかしら」

あやめはそう告げると、テーブルの上にあったイチゴジャムの瓶に指先を入れ、ジャムをすくい取ると、乳先に塗りつけていく。イチゴジャムが薄く乳暈をおおい、柔乳全体に押し拡げられた。

自ら厚く膨らんだ生乳房を見せつけながらデコレーションするあやめの淫靡な姿に圭斗の理性はかき消えてしまう。

「そんなことしたら、本当にあやめさんを、お、襲っちゃうよ。最後までしちゃうからね……」

「もちろんよ……最後まで……してくれるの……はぁ、私、しばらくエッチしてなくって……そのけ、けだものみたいになってしまったら、ごめんなさいね……けいちゃんのこと優しく導いてあげたいんだけど……」

あやめは照れつつ、ぺろりと舌を出す。

「じゃあ、どうぞ。けいちゃん、ママのおっぱいよ……」

そう言って左右ともジャムにデコレーションされた乳房を恥じらいとともに圭斗の口へ差しだす。羞恥のせいか耳まで真っ赤に染めて、あやめの双乳がふるふると震えていた。

圭斗は乳芯に口づけし、そのまま乳肌へ舌を這わせた。

「んむぅ、ぁむぅ、れろ、れろろッ……ああ、あやめさんのおっぱい甘くて、ミルクもたっぷりで……」

イチゴジャムにミルクが混ざって、しっかりとした甘さが圭斗の舌を潤す。

圭斗が舌で乳袋を舐め、乳頭を吸いたてるたびに、あやめは恥じらいで顔をゆがめ、胸乳への刺激に嬌声をあげる。

ジャムを舐め、乳房を吸う淫靡な音が響き、圭斗もますます興奮してきてしまう。

「いいわ、けいちゃん。もっと私のおっぱい舐めて……ああ、お乳も吸って……激しくして……」

「あやめさん、いやママ……おっぱいジャムと母乳まみれで、すっごくエッチだよ」

「本当に？　恥ずかしいけど、うれしい……けいちゃんにエッチだと思ってもらえて、ママは幸せよ」

圭斗は乳房を根元から揉み、搾りつつ、両乳を舐めしゃぶり、吸いつづける。

ひたすらに胸乳を味わい尽くす姿を、あやめは目を細めて見入っている。舌先にねぶられ、快感が胸から身体の芯を貫き、喘ぎが自然と口から零れた。

「ああ……そうよ……いいッ、いいわ、最高よ。胸、気持ちいいッ。それに、けいちゃんの一生懸命な顔、可愛い……」

豊乳に塗りたくられたイチゴジャムをしっかりと舐めとり、乳房をいやらしく唾液でコーティングすると、貯まった母乳を強く吸いたてる。

揉み、捏ね、搾るほどにミルクは溢れ、乳先から幾条もの筋を作って、流れ落ちる。

圭斗はいやらしいバキューム音を立てて蜜乳を吸い、喉を鳴らして飲みほした。

口の端を零れたミルクで濡らしつつ、圭斗はあやめの痴態をじっと見つめる。

母乳で張った乳房を搾られたあげく、多量の甘露を吸われ、その愉悦に浸って、あやめの表情に恍惚の色が浮かぶ。

柔らかな美貌が淫らに蕩ける様は、ひどく圭斗をいけない気持ちにさせる。

「けいちゃん、ママともっとエッチなことしてみない？」

「エッチなことって、何するの？　母乳を、んちゅるるっ、吸わせてくれるだけじゃないの？」

圭斗はまだ溢れる母乳を舌先で清めつつ、聞く。

「けいちゃんったら……意地悪ね。ママに説明させるの？　エッチなことって言ったらもちろん、ぁ……ぁぁ……セックスよ……ママとけいちゃんで一番気持ちいいことをするのよ」

「せ、セックスさせてくれるの……ママと、本当の親子からもしれないのにセックスしちゃうなんて……」

「そうよ、いけないことなのよ。だけどいけないことだから、とっても気持ちよくなれるのよ……ママ、けいちゃんとのセックスを想像するだけで、身体に火が点《つ》いたみたいに感じて、おかしくなっちゃう……」

あやめはとろんとした瞳のまま、椅子の上に下肢を引きあげて、M字開脚の状態で座る。

そうしてエプロンの裾をぺろんとめくりあげて、艶やかに花開いた秘所をさらけだしてみせた。

「ほら、けいちゃん。ママのおま×こよ……ここにけいちゃんのおち×ちんを入れるの……」

晒されたあやめの淫裂はかすかに口を開き、興奮にヒクついていた。

内奥からは蜜がしとどに溢れ、椅子の座面を濡らす。

ぬかるんだ姫孔の奥はどこまでも深く、奥は見えない。内壁は幾重にも襞を作っていて、圭斗のペニスを誘うように甘やかな収縮を繰りかえす。

「おま×この少し上にあるのがクリトリス……ここがすっごく感じやすいのよ。少し触れられるだけでも、背すじに電気が走っちゃうの……」

「ボク、ちゃんと見るの初めてだよ」

「ほら、もっと顔を近づけていいのよ。おま×この縦筋の上の皮をめくったら、可愛いお豆さんみたいなクリが見えるわよ」

圭斗は言われるがままに、あやめのスリットの上部の鞘《さや》をめくり、愛らしい秘果を観察する。

舌先で舐めてやると、あやめが悲鳴にも似た嬌声をあげる。

「ああッ、けいちゃん、いきなり強くはだめよ……そっと、優しく舐めて、セックスの準備をいっしょにしましょうね」

あやめはテーブルの上からピーナッツバターの瓶を取ると、それを自らの秘口に塗りつけて、圭斗へ突きだしてみせる。

「けいちゃんの大好きなピーナッツバター味にしたから、いっぱい舐めて」

「ママのおま×こ、ピーナッツバターでべとべとだよ、んじゅる、れろろッ」

圭斗は花弁に口づけすると、舌を膣口へ潜りこませて、内奥を舐めしゃぶっていく。舌体で押し拡げられた淫筒からは愛液が滲み、エロティックな匂いが漂う。圭斗は愛液混じりのピーナッツバターを舌先で削りとってやる。

「……ぁぁ……そうよ、けいちゃん……いっぱい舐めて、ママのいやらしいところをもっとほぐして……けいちゃんの立派なおち×ちんを受けとめられるようにして

「うん、ママ。一生懸命、ママのおま×こをほぐすよ、じゅる、じゅる、れろッ」

舌を蠢かせ、圭斗は秘口をしゃぶり、ふやけさせていく。溢れた愛液はピーナッツバターと絡み、ほどよいとろみと甘さの蜜となって、圭斗の口腔に流れこんでくる。舌の上で甘美にとろけるそれは、なんとも形容しがたい甘くエロティックな味で、圭斗は夢中になって、舌をピストンしつづける。

「ぁひ、ぁひぃぃ、けいちゃん……ゆっくり、お願い……あんまり激しいと、ああッ、ママ、いひぃぃッ、はしたない声出ちゃうぅぅ、あ——ッ!!」

激しいクンニに耐えきれず、あやめは獣じみた嬌声をあげ、身悶えしつづける。椅子の上でM字開脚のまま、その下腹部をぶるぶると震わせ、スリットからはラブジュースが溢れた。

「ひぁあぁぁ……けいちゃん、いや、エッチなお汁飲んじゃ、だめよ……恥ずかしい……」

「だって、ママのここからいっぱい溢れてきてるんだもん……甘酸っぱくて、不思議な気分になっちゃう……」

圭斗は溢れるジュースを飲み、ピーナッツバターを愛情をこめて丹念に舐めとっていく。クリの周りに絡んだり、陰唇の合間に入りこんだバターも舌先で丹念に舐めて綺麗にする。

「ママのおま×こ、全部綺麗にしてあげるからね。ボクが舐めやすいようにいっぱいピーナッツバター塗ってくれたんだよね……んちゅ、ぺちゃッ、今度は生のママも味わいたいな」

「ぁひ、ぁひぃぃ……いや、クリも感じて、ぃうぅぅッ、変な声が出てしまう……」

圭斗の顔面が下腹部に押しつけられる格好で、鼻先が秘核を擦るたびに背中を電流にも似た愉悦が貫く。

丁寧なクンニリングスにあやめの性欲はますます高められ、理性の仮面の下に隠した獣性が露になる。あやめ自身もクレヴァスを圭斗に押しつけ、圭斗の顔の凹凸で自慰行為めいた悦びを貪《むさぼ》ってしまう。

「んぅぅ、ママ、苦しい……んぅぅッ」

「ああ、ごめんなさい、けいちゃん……もう我慢できなくて、ああ、イク、イクっ。けいちゃんのお顔で、ママよくなってしまう……あ……あああッ！」

あやめはそのまま下肢をぶるぶると引き攣らせ、絶頂に達する。

窒息しそうなほど強く押しつけられていた秘花の圧迫がなくなり、あやめはぐったりとなって椅子にへたりこんでしまっていた。

鼻孔に甘い母親の膣の残り香《が》が漂う。その甘酸っぱい匂いを反芻《はんすう》しつつ、圭斗は先に果ててしまったあやめを少しいじめたくなってしまう。

「ママ、イッちゃったね。息子の前で気持ちよくなっちゃうなんて、いけないママだよね」

「……ごめんなさい……私、けいちゃんよりも先に……」

あやめは果てた陶酔の中で、必死に言い訳する。

「こんなはしたないママじゃないのよ……でも、けいちゃんにクンニされてうれしかったの……いっぱい感じて我慢できなかったのよ……」

あやめは圭斗のあごに手をかけると、自分のほうへと誘う。

「けいちゃん、お顔をこっちに持ってきて」

そうして愛液でべとべとに濡れた圭斗の顔をキスし、舌先をいやらしく突きだす。

「お顔、綺麗にしましょうね、ん、れろろッ……」

あやめは淑女の仮面をかなぐり捨て、獣みたいに圭斗の顔を舐めしゃぶりはじめる。

鼻面《づら》に舌を這わせ、垂れた蜜を拭《ぬぐ》う。そのままおでこをぺちゃぺちゃと舐め、広い頬も残すところなく、拡げた舌で清拭《せいしき》していく。

「はふ、れろ、れろろッ。お顔をすみずみまで、んちゅ、舐めて綺麗にするわね。ぁふ、ママのエッチなお汁でいっぱい汚れちゃったものね」

息子の顔をしゃぶり、唾液でコーティングする自らの淫らな行為に興奮し、あやめは息を荒げてしまう。

呼気が圭斗の鼻先にかかり、あやめの口腔の香りが芳《かぐわ》しく匂いたつ。吐息に顔を嬲られる、甘くエロティックな味わいに、圭斗のペニスはますます滾《たぎ》ってしまう。

圭斗自身もあやめの顔を舐めて、顔舐め清拭のお返しする。顔中を互いに舐めあうという特別な行為に、二人の気持ちはますます昂《たかぶ》り、距離は縮まっていく。

そのまま唇同士が触れあい、甘く絡んだ。あやめのぽってりと厚い唇が圭斗のそれを包みこみ、ちゅくちゅくと吸いたてる。

圭斗もあやめの唇を逆に包み返し、吸う。

押しつけあった唇の隙間から吐く息が漏れ、糖蜜を啜り飲むような甘さに圭斗は頭の芯までとろとろに溶かされていく。

「けいちゃん……もう、ママ、限界……けいちゃんは？」

「ボクも、おち×ちんが腫れて、痛いぐらいだよ……ママとしたい……もう、してもいいの……」

「もちろんよ……けいちゃん、我慢してくれたの。んふふ、いいコね」

あやめは椅子の上のM字開脚を崩さないまま、エプロンの裾を再びまくり、愛液でふやけきったラビアを圭斗に晒す。その割れ目を二本指で優しく、くぱぁと開き、そり返って暴発寸前の怒張を妖しく誘う。

開帳された生のヴァギナに圭斗はしばし見入ってしまう。開いた姫唇を押し留めたままの内奥は朱色にぬめり、震えとともに蜜が溢れだす。淫らな濡れ光りを見せていた。ラメピンクのネイルも蜜で潤い、淫らな濡れ光りを見せていた。

「ここに入れて大丈夫よ。けいちゃんのおち×ちん、ママにちょうだい」

あやめの頬は真っ赤で、瞳は色っぽく蕩けて、圭斗の剛直を待ち望み、興奮していることは明らかだ。

「いくよッ、ママ」

おずおずと切っ先をあやめにあてがうと、濡れた秘唇が心地よく鈴口に吸いついてきた。

熟れた淫裂の悪魔的な魅力におののきつつも、強く引き寄せられてしまう。

圭斗は漲《みなぎ》ったいきりをあやめの蜜壺の中へ潜りこませていく。狭隘《きょうあい》が甘やかに吸いつき、屹立を奥へゆっくりと導く。

複雑に折り重なった膣襞がペニスを包み、吸いつくように締めあげてくる。その感触だけで童貞の圭斗は射精しそうになってしまう。

「ぁ……く……ぅぅッ」

「けいちゃん……ゆっくりでいいのよ。ママの中を、ゆっくり進んでいって」

「うん、こうだね……ぅぅ、すごいママの中にもみくちゃにされて、優しい顔してるのに……ママのおま×こは本当にいやらしいよ……」

「まあ、けいちゃんったら……お口に気をつけなさい……そんなにママを淫乱呼ばわりしてはダメよ……ぁぁッ、声出ちゃう、ぁぅぅ……」

「今もまた、中のヒダヒダが動いて……すごい締めつけで、ママのおま×こはやっぱり淫乱だよ……セックスは初めてだし……ママには敵《かな》わないよ……」

入れようとしても、出そうとしても、凄まじいまでの射精感が下腹部を貫き、精液の塊《かたまり》が尿道を押し拡げようとする。圭斗は熟女の膣からもたらされる蠱惑的な愉悦に身動きできないでいた。

「中まで入れきってないのに、出しそうになるなんて……やっぱりセックスは大人がするもんなんだよね。ボクみたいな子供だと、ああ、だめ、出そうッ……」

「そうよねえ……けいちゃんはセックス、初めてなのよね……大丈夫よ、途中で出してもいいのよ。肩の力を抜いて、ゆっくり奥まで進みましょう」

あやめはM字開脚に乱れた裸エプロンという卑猥すぎる姿勢のままでも、母親らしい甘やかな雰囲気で圭斗を包みこむ。

圭斗は大きく突きだした両の乳房に顔を埋めて、甘いミルクの香りで肺を満たし、乳肌の吸いつくような柔らかさを貪った。

「うう、ママ、ごめんなさい……こんなのだと梨桜菜さんも失望させちゃう……中に入れても、すぐに出しちゃうなんて……」

「大丈夫よ、けいちゃん……出ちゃったなら、また入れてくれたらいいじゃないの。んふふ、女はね、乱暴なセックスよりも優しく、長く愛してくれるほうがいいのよ」

「本当に……いいの？」

「うん、もちろんよ。それにね、けいちゃんは、まだ初めてなんだから、これからいっぱいセックスも上手《うま》くなるわよ。ほら、ゆっくり出てもいいから……」

「う、うん。んぅぅッ」

圭斗はおずおずとあやめの媚肉をかき分け、奥へ進む。

「そう、ゆっくりよ。いいコ、んふぅぅッ……なんだか、優しくて、けいちゃんの挿入好きよ……」

「本当に、ぁうぅッ」

「本当よ、いいコ、いいコ。ゆっくりでいいのよ」

あやめは圭斗を胸にそっと抱きつつ、その頭を撫でさする。母親の深い愛欲に柔らかく包まれながら、膣奥に到達する。

妖しく蠢く膣ヒダの吸いつくような締めつけに引きこまれるように、圭斗は腰を小刻みに使いだす。

一度、ペニスの出し入れを始めたら最後、下腹部を甘く蕩かす快美に呑まれ、自分の意思では止められなくなってしまう。

「ああ、そうよ。いっぱい動かして、ぁはあぁぁッ、ママの中を突いて、いい、いいのぉ……けいちゃんのおち×ちんが、あひぃぃッ、奥に響いて、ぃうぅぅッ！」

あやめの膣の心地よさに、ピストンのスピードは上がっていく。ありあまるスタミナに任せて、圭斗の抽送は激しさを増す。

「ああ、ああッ……けいちゃん、すごい……激しくって……まだ頑張れちゃうのね……本当にえらいわね、撫でなでしてあげる、んぅぅ……ぅぅッ!!」

背筋を抜けていく快感に喘ぎを漏らしつつ、あやめは胸に抱いた圭斗の頭を愛情をこめて撫でさすってやる。

激しいセックスを楽しみたい女の本能と、たくましい成長ぶりを見せる息子を褒めたい母親の本能。二つの昂りがあやめを興奮させる。

「ぁぁ、うん、ママ。いけるよ、このまま、ママを気持ちよくさせてあげるッ」

母親の悦びを自分の悦びのように感じつつ、圭斗は膣底を何度も叩く。

昂った熟女の膣は急激に変化し、膣奥が柔らかくほぐれてくる。打ちこんだいきりの穂先を子宮口が柔らかく受けとめ、あやめは獣のような嬌声をあげてしまう。

「あひ、あひぃぃ……ぃひぃぃッ……けいちゃんのおち×ちんが、ぁうぅぅ、奥にクる、キてるの……ッ……ぁぁ……ぁひぃんッ……子宮に響いて……ぁぁ、たまらないぃぃ……」

あやめは昂った自身の変化を敏感に感じていた。膣がほぐされ、子宮が下がってきているのがわかる。そこを圭斗の剛直が幾度も貫き、快美の波が全身を包みこむ。

「あ……ぁぃぃッ、ひ……ひぐ……ひぐぅぅッ……ぁ、ぁう、ぁうぅ、ぁぐぅぅ……けいちゃんのおち×ちん、激しすぎて……ああたまらない、もっと、もっとして、けいちゃん」

圭斗の責めにあやめは身悶えし、清らかな母の顔は、淫らな女の顔へと変わっていく。

「けいちゃんも、気持ちよくなったら、いつでもママに出して、いいのよ。ああッ、子宮また突かれて、ひぎぃぃ……ぁぁ……けいちゃん、初めてなのに……すっごく上手《じょうず》で……ぁひぃぃッ……ママ、もう、もうッ……」

全身を引き攣らせ、イキそうになりながらも、あやめは圭斗の頭を優しく撫でつづける。底知れぬ肯定感に包まれながら、圭斗は腰をあやめに何度も密着させ、秘壺をかき回した。

膣内のヒダヒダの蠢き一つ一つにあやめの愛を感じて、昂りは最高潮に達していた。

「ママも、もっと気持ちよくなってよ。ボクのおち×ちんに集中して……」

圭斗は自身の頭を撫でていた手をそっと取ると、浅く膣口をシェイクしつつ、その手指をねっとりと舐めしゃぶってやる。

しっとりと柔らかで、ラメピンクのネイルで仕上げられたあやめの指先を咥え、軽く囓《かじ》ってみせる。唾液で濡れたあやめのピンクネイルは艶やかで、何度でも口に含みたくなってしまう。

「あぁ、もうッ、けいちゃんの舐め方、いやらしい……」

顔をかすかに背けて耳まで赤くしつつも、あやめは指先を圭斗に委ねたままだ。

「……ぁ、んぅぅ……おち×ちん、もっと感じていいのね……ぁぁ……ママ、女になっちゃうよ。獣になって……けいちゃんにがうって襲いかかっちゃうからね……」

「うん、ママみたいに可愛い獣なら、ボクがいっぱい食べちゃうから、なってよ……ほらッ、ああ、また大きくなったボクのおち×ちんで、ママを獣に変えてあげるからッ！」

圭斗は猛り狂った剛直で、あやめの内奥を抉り、子宮をへしゃげさせんばかりに圧迫しつづける。

「うぅ、ぁうぅぅ、ぁおぉぉぉ、ぉうぅぅぅッ……けいちゃん……に……おかしくさせられひゃぅぅ……ぉぉ……ぉほぉぉ――ッ、ひぎぅぅぅッ……」

「ママ、もっと、よくなって。ボクもあと少しで……」

「けいちゃん、ママ、イグ、イグぅぅ、ぁおぉぉぉッ……けいちゃんに子宮責められて、イグぅぅッ……ぁぁぁ……けいちゃんも……いっしょに……ぉぅぅぅッ……」

あやめは至悦の頂へ飛翔しつつ、圭斗を豊かな胸にかき抱く。

「んむぅぅ、ママ、激しい……窒息しちゃうよ、んぅぅッ」

圭斗は沈みこむような双乳に顔を擦りつけながら、腰を何度も打ちつける。

「ああ、出すよ、ママに出すよ」

「うん、来て。けいちゃんの精液、ママにいっぱい出してちょうだい、ぁぁ、ママも、イク、イクぅぅぅ……ぁぁ、ママなのに、けいちゃんの童貞おち×ちんに、イカされ……ひゃぅぅ……筆下ろしチ×ポにイカされひゃぅぅ……いや、いやッ、いやぁぁああッ……あああーッ……」

圭斗にぎゅっと抱きつきながら、乱れた裸エプロンの生白い裸身をぶるぶると震わせ、愉悦を極める。

「ボクも、出すよッ。うううぅッ……」

同時に圭斗も果てて、あやめの子宮をめがけて、精液のゼロ距離射精を繰りかえす。滾る白濁で内奥を満たされ、その熱にあやめは再び絶頂する。白い喉をのけぞらせ、くぐもった声をあげつつ、身体を跳ねさせる。

「……けいちゃん……いっぱい……ぁぁ……ママ、妊娠させられてしまうかも……」

「してよ、ボクの子供をママが妊娠するなんて素敵だよ」

圭斗は妊娠という強烈な言葉に奮いたち、屹立のピストンをすぐに再開する。溢れた精の海をかき分けて、雁首が潜りこむ。膣底を何度も叩き、内奥をほぐしてゆく。

「んぐぐ、ぁぐぅぅぅッ……けいちゃんの、奥に……子宮に……ひぐぅぅッ……」

亀頭が子宮口を割り開いて潜り、そこで多量の精を放出する。白いマグマが子宮内を白く染める。内奥を満たした白濁は逆流し、結合部から溢れた。

「ぁぁ……子宮中出しされて、イグ……ぁぁ……イッてしまう……んぅうぅ……」

「んぅぅ、まだ出すよ。こんなに出せるなんて……ママのおま×こが気持ちよすぎるからだよ……ぁうぅッ……」

圭斗は放精しつつも腰を使い、さらに欲望のマグマを膣奥へ吐きだす。ピストンの動きが止まることはなく、吐精の悦びを貪りつづけてしまう。

「ごめんね、ママ。また出ちゃうよッ」

「いいのよ、けいちゃん……ああ、ママをもっと汚して……けいちゃんまみれにして……息子とセックスして感じちゃうだめな私を中出し射精で、おしおきして……」

あやめは激しく乱れ悶えつつ、腰を自ら浮かして、圭斗のブツを深く受けいれようとする。剛棒を咥えこんだ姫割れからは蜜がしとどに溢れて、椅子を伝い、床まで濡らしていた。

混合液の甘く淫らな香りがリビングを満たして、それが二人を昂らせ、正気を奪っていく。

「あぁ……いけないことなのに、どうしてこんなに昂って……幸せを感じてしまうの……」

「ママだけが悪いんじゃないよ……ボクだって、ママをいっぱい犯しちゃってもん……ああ、もっとしたい、ママとセックスしたい……」

圭斗はあやめにすがりつき、ゆるやかなピストンと射精を繰りかえしつつ、豊満な胸乳をしゃぶり、吸い、甘えつづける。

あやめも圭斗に全身をなぶられつつも、深い愛情で圭斗を抱きしめ、全身を愛撫しつづけた。

欲望と快楽にまみれ、身体を重ねて、母子は堕ちるところまで堕ちてしまう。

あやめと圭斗、二人の関係は、セックスという熱い絆を抜きにしては語れなくなっていた。

溢れるミルクとザーメンで、互いの全身をどろどろに汚し、その存在を求めあった。

そうして二人は力尽きて床に崩れ落ちるまで、最上の甘美な時を過ごすのだった。

# 第五章　熟母同士のいけない交わり

「あやめさん、少しお話いいかしら？」

梨桜菜はリビングで寛《くつろ》いでいたあやめに声をかける。

時間は深夜で、圭斗はすでに部屋で眠っていた。

「あら、めずらしいわねえ、ええ、もちろんいいわよ」

「何もないのも寂しいから、はい、お酒を買ってきたの」

にこりと笑って、赤ワインを取りだした。

「んふふ、気が利くわねえ……待ってて、おつまみの準備するわね」

あやめは立ちあがって、キッチンへ向かう。その間に梨桜菜はワイングラスの準備をして、赤ワインを注ぎ入れる。

——今しかないわね。

梨桜菜はバッグから薬のカプセルを取りだす。

仕事のツテを使って、手に入れた媚薬だ。取引先の女性バイヤーが海外から密やかに輸入しているものらしい。

『初めて使うときは量に注意してね、ヤリすぎると反動がすごいわよ』

そう忠告されたほど効果のあるものだ。カプセル一個分の中味をグラスに入れ、残りをボトルに混ぜこんだ。

ワインの赤に混ざって、見た目にはほとんどわからないはずだ。

『でも、お堅い梨桜菜さんが、お薬使っちゃうなんて、思いきり乱れたくなる好きな相手ができたの？』

そう言われて、梨桜菜は否定できず、真っ赤になって黙りこんでしまうと同時に、罪悪感に胸が痛んだ。自分が使うのではなく、ライバルを媚薬責めにするために使うのだ。

「もうワイン、入れてくれてるの？　準備がいいわねえ」

いきなり背後から声をかけられ、梨桜菜はドキリとしてしまう。媚薬の包剤を隠そうとしたが果たせず、あやめに見られてしまう。

「あら、お薬の袋？　いいわ、私が捨てておくわね」

あやめは鼻歌まじりにキッチンへ戻っていく。彼女がワイン好きだと聞いてはいたが、これほど簡単にあやめが誘いに乗ってくれるとは思わなかった。多少無理をしてでも、高いワインを奮発してよかったと思う。

チーズやサラミ、クラッカーに、アンチョビ、レバーペーストと、手際よくおつまみが並べられ、グラスで乾杯となった。

「ん、このワイン、なんだか変な味がするわねえ」

「あ、そうなの？　そんなことないと思うわよ」

梨桜菜はあやめの注意をそらすように、自分は自身のグラスを飲みほしてみせる。

「あらまあ、いい飲みっぷり」

あやめはうれしそうに梨桜菜のグラスへワインを注いでくれる。

「ありがとう。あやめさんも、ほら」

「ええ、いただくわね」

グラスを満たした媚薬入りのワインを、あやめは飲み干してしまう。

「んん……最初は変な味だと思ったけれど、やっぱり美味しい。梨桜菜さんの買ってきたワイン、飲みやすいわよねえ」

梨桜菜に進められるがままにあやめはワインをグラスで何杯も飲み、顔をほんのり赤く染める。

梨桜菜もあやめにつきあって、二杯目のグラスを空ける。

――飲まないのも不自然よね。一杯ぐらいは大丈夫だと思うけれど……それにしてもあやめさん、だいぶ酔いがまわってきたみたいね……。

媚薬はアルコールとともに摂取すると格段に効果が増すらしい。分けてくれた取引相手の友人女性は、最初キメすぎて一晩イキ狂ったらしい。

かすかに頬を赤らめつつ、そう告げられて、梨桜菜も一瞬、この薬を使うかどうか躊躇してしまった。

けれど、圭斗とどうやらセックスしたらしいあやめを問いただし、仕返ししたい気持ちもあって、媚薬とお酒の力を借りることにしたのだ。

――もうあやめさんの好きにはさせないから……。

かすかに動く喉元を見つめながら、梨桜菜はほくそ笑む。

酒宴が進み、あやめに媚薬の効果が現れていた。

ソファの背もたれに身体をもたせかけて、胸元が苦しいのかブラウスのボタンを外していた。そのままくつろげた服の中に手を入れ、爆乳を包みこむブラのカップをずり下ろす。

息をかすかに荒げて、開かれた胸元から覗く爆《は》ぜんばかりの乳球が呼吸とともに上下に艶めかしく揺れる。

かすかに汗ばんだ胸元には明かりが反射して、官能的な輝きを見せていた。

「あやめさん……どうしたの。苦しいの？」

「はぁ、はぁッ……苦しくはないのだけど、気持ちが昂《たかぶ》ってしまって……」

ソファの脇に座った梨桜菜は、あやめの様子を確かめるように続ける。

「めずらしいわね、あやめさんが衣服を乱れさせて、無防備になるなんて。圭斗くんが見たら教育に悪いわよ」

「わかってる……けれど……どうにもならなくて……ああ、切ない……」

梨桜菜はあやめの上着をそのまま脱がしつつ、首筋に舌を這わせていく。

「ぁ……梨桜菜さん……何をするの……ぁ、ぁふぅぅ……」

「何って、あやめさんが、なんだか切なそうだから、気持ちよくなるお手伝いよ……それともやめたほうがいい？」

媚薬で感じやすくなったあやめの柔肌を嬲りながら、梨桜菜は意地悪さをこめて告げる。

発情しきって全身性感帯みたいになった様子のあやめが梨桜菜の愛撫を拒絶などで

きるはずはない。

それをわかっていて、梨桜菜はあやめに揺さぶりをかけた。

「ぁ……んんッ……やめないで……ぁふぅぅ……でも、どうしてこんなに感じやすくなってるのかしら……お酒のせいでは、ないわよね……」

「さあ、どうかしらね」

梨桜菜が誤魔化しながら愛撫を繰りかえす。熟れたあやめの肌は吸いつくような柔からさとなめらかさで、男でなくとも夢中になってしまいそうだ。

お酒と媚薬で蕩けきった瞳に、半ば開かれた厚い唇。そこから紡がれる、切れぎれの喘ぎに、梨桜菜の官能もますます昂っていく。

「あやめさん……ん、んんッ」

胸元や首筋にキスを繰りかえしつつ、背中や腰に手を這わせる。そのまま梨桜菜はあやめの艶めかしい唇に自らのそれを重ねて、奪ってしまう。

「んぅぅ、んちゅ、ちゅッ、はふ、あやめさんの唇、柔らかい……ねえ、これで圭斗くんを誘惑したの？」

「な、何を言って、ぁ、ぁんッ……んむぅぅ……」

激しい梨桜菜のキス責めにあやめは無意識のうちに答えてしまう。唇を押しつけ、舌を激しく絡め、擦りあわせて、溢れる悦楽を貪《むさぼ》ってしまう。

「何って、あなたが圭斗くんを誘惑したのでしょう。私がいないときに、圭斗くんとセックスしたのは知ってるのよ。このメス狐、泥棒猫ッ！」

「……ぁ……もう……私はきつねさんでも、猫さんでもないわよ……ぁん、けいちゃんとエッチなことなんて、知らないもの……」

あやめはあくまでしらを切った。梨桜菜は彼女の両腿の上に跨がると、迫りだされた生乳房を両手で鷲づかみにする。

「じゃあ、あやめさんじゃなくて、こっちの大きな胸が彼を誘ったのかしら」

高く盛りあがった量感溢れる双乳が自在に揉みこねられ、艶めかしく形を変える。乳肉が指の股からいやらしくはみだして、その乳袋の白さがいっそう強調される。

「あ、あんっ。強い、んぅぅ……何を言ってるのよ、ぁふぅぅ、ああ、そんなに揉んだら、感じすぎて、ぃい、ぃひぃぃッ……」

「これぐらいで済むと思わないでよね……何も考えられなくなるくらい感じさせてあげるから」

梨桜菜はあやめの乳房をめちゃめちゃに揉みしだき、責めたてる。

はちきれんばかりに脂肪の詰まった乳房は自在に形を変え、あやめは背すじを引き攣らせるようにして、嬌声をあげつづけた。

「あぁ……胸ぇ……こんな、いぅぅッ……ぅぅッ……」

乳房からは母乳が溢れ、梨桜菜の手指を濡らす。乳頭は淫らに勃起して、手のひらがかすかに当たるだけで、一際大きな叫びをあげる。

「梨桜菜さん……胸は、もう、もうッ……ぁはぁぁッ……母乳も出てしまって……こんな恥ずかしい……です……」

「何よ、ミルクまで出しちゃって、そんなに感じてるんだ。んふふ、まだこれぐらいじゃ終わらないからね」

乳首から滴るミルクを、梨桜菜は口をつけて啜り飲む。

「ぁ……吸わないで……んふぅぅ……」

「でも、んちゅッ、はふ、吸われて感じてる……本当はもっと吸ってほしいんでしょう？」

「……知らない、知らないわよ……」

あやめは耳まで赤くして目をそらした。その仕草は同性から見ても、愛らしい。

梨桜菜は乳房をさらに揉み捏ね、つきたての餅のように自在に姿を変える様を楽しむ。

そうして乳房を弄《もてあそ》ばれ、身悶えするあやめの姿は妖しい美しさをたたえていて、我を忘れて見入ってしまいそうなほどだ。

「今度は、こっちね……」

あやめのスカートをまくりあげると、ショーツに指を差し入れて、そのまま秘所を撫であげてやる。

「……ぁッ……ぁぁ……ぁあんッ……梨桜菜さん……そこは、ぁふぅぅ、いけません……ぁはぁぁ、感じすぎて、ぁううッ、ぅぅ……」

ショーツの中はすでにぐっしょりと濡れていて、指先で膣口をかきまわすと、内奥から蜜がしとどに溢れだしてくる。

「ああ、だめ、だめぇ、梨桜菜さん……そこはだめ、です……ああッ、あああッ……」

指先で膣内を攪拌《かくはん》してやると、あやめは上体を左右に揺すりながら、嬌声をあげつづけた。

何かに耐えるように表情は歪み、乱れきったメスの鳴き声が口の端から漏れる。

「どこがだめなの、ねえ、あやめさん。ここ？　それとも、ここなの？」

梨桜菜自身もあやめの痴態に頬を上気させ、興奮と陶酔の中で、彼女の姫孔を責める。

指先を鉤の形に折り曲げて、膣内の感じやすい箇所を何度も押して、引っかいて、探り出す。

綺麗に形を整えられた梨桜菜のネイルの先が、スプーンのさじのようにあやめの性感帯を突いた。

「ぁひぃい、だから、ぁぁ、おま×こは、だめ、だめぇぇッ……だめと言って……んうぅう、ああ、あああッ、あ――ッ……」

鋭い叫びを発しつつ、あやめは全身ぶるぶると震えさせて、果ててしまうのだった。

脱力しきったあやめは、そのままソファにぐったりと崩れてしまう。

「まだ、これからよ、あやめさん」

「梨桜菜さん……あなた、やっぱり何か……身体が変ですもの……」

「そうよ、あやめさんの飲んでいたグラスのワインに媚薬を混ぜたのよ。すっごく効くって話だったけど、本当みたいね」

「そうなのね……なんてことを……」

「ねえ、圭斗くんとセックスしたのよね……あの子の童貞を、あやめさんが食べちゃったのよねえ……」

「……それは……うう……」

達した陶酔感に蕩けたあやめの瞳が一瞬、冷静さを取り戻す。

だが身体の芯から沸きたつ情欲の昂りに理性は呑みこまれてしまう。

「……あやめさん、素直に白状したら、今日はいっぱい可愛がってあげるわよ……今も、してほしいんでしょ？」

一度果てて敏感になったあやめの秘唇を指先でねっとりと撫であげつつ、左の耳孔に吐息を吹きこむ。

熱い呼気に嬲られ、あやめは頭をそらして逃げようとする。けれど梨桜菜に耳たぶを甘噛みされ、それもできない。唾液をたっぷりとまぶされ、左の耳をしゃぶられてしまう。

「素直に白状しないなら、このまま、じらしつづけてあげる。さっきのワインにはキツい媚薬が入っていたのよ。それがだんだん効いてきて、あやめさん、ほしくってたまらなくなるわよ……今だって……ほら」

「あぁ……ひどい……梨桜菜さん……ひどいぃ……ぁぁ、もう切なすぎて、ぁひぃい……して、もっとして……」

あやめは熟れきった裸身を桃色に染めて、息も絶えだえに喘ぎつづける。

お酒で理性は薄らぎ、媚薬の愉悦が全身を苛む。膣《さいな》も、唇も、耳も、全身の性感帯が奉仕を求めて疼き、あやめの理性をさらに打ち崩していく。

「じゃあ、言って。圭斗くんの童貞を奪ったのは誰？」

「あ……私です……母親の私が、けいちゃんをた、食べてしまいました……セックスに飢えた未亡人の私が、実の子かもしれないけいちゃんと、セックスしてしまいました……ぁあッ、言ったから、白状したから、お願い、梨桜菜さん、して、いっぱい感じさせてぇ……」

あやめはそこまで口にして、獣じみた嬌声をあげる。

身体が火照って、もうどうしようもなかった。クレヴァスがひくひくと震え、愛蜜が溢れて止まらなくなっていた。

あやめの発情臭がリビングを満たし、女の梨桜菜でさえ、その香にあてられて、たまらない気持ちになってしまう。

「やっぱり、そうなのね。あやめさん、圭斗くんとエッチしてたのね……許せない……圭斗くんは私のものなのよ。二度と圭斗くんに手出しができないように狂わせてあげるから……」

梨桜菜はあやめの花弁を割って指先を突き入れると、Gスポットを探しあてて、集中的に刺激しはじめる。

「ぁ、ぁはぁ、そこ、そこぉぉ、梨桜菜さんの指が当たって、すごいっ、すごいいぃッ、あひぃぃ、あひぃんッ……んぅぅぅッ……」

あやめは自ら下腹部を振りたて、さらなる責めをねだってしまう。息づかいは荒くなり、気品ある淑女の面影はそこにはなかった。

「んふふ、何よ。おま×こを私の手に擦りつけて、そんなにここをめちゃくちゃにしてほしいの？　本当に無様ね」

「ぁん、ぁはあぁ、中で梨桜菜さんの指に、ぃひぃんッ……めちゃくちゃにされてる……んぅぅッ……どうして、そんなに手慣れて……ぁぁ……」

「だって、私は女子校出身なの。女の身体を責めるほうが得意なのよ」

梨桜菜は激しい指捌《さば》きで膣の敏感な箇所を責めていたかと思うと、一転して巧みな指づかいで、じらすようにねっとり、ゆっくりとラビアの入り口を二本指でかきまわす。

「はひっ、そんな……ぁぁ……ぁはぁぁ、梨桜菜さん、素敵……ぁはぁぁッ、いい、もっと、もっとしてぇぇッ、ぁはあんッ……」

指の動きにあわせて、あやめは腰を振り乱し、貞淑な三十路の女とは思えないほどの淫らな姿を晒す。

内奥から染みだしたジュースが溢れて、梨桜菜の指先のみならず手首までをぐっしょりと濡らす。熟れた濃いメスの香りがあたりに漂う。

梨桜菜はその匂いを肺がいっぱいになるほどに大きく吸いこみ、甘やかさを堪能する。

「なんて淫らな女なの。あやめさんがそんな淫乱だとは知らなかったわねえ。んぅぅ、さあ、これからどう料理してあげようかしら」

「……ああ、もう私のことは好きにして、梨桜菜さんの好きに、ぁぁ、して……」

あやめの白く艶やかな肌にほんのり紅がさし、瞳が愉悦に蕩けきっていた。

梨桜菜はあやめの蠱惑《こわく》的な美しさに吸いよせられるように、その唇を再び奪い、甘い糖蜜のような口づけの快楽を貪り尽くす。

あやめも梨桜菜に応えて、性欲のままに相手の唇粘膜を吸い、求めた。

「んむぅぅ、あやめさん……んんッ……」

「ぁふぅぅ、梨桜菜……さん……ぁはぁぁッ……」

二人は溢れる獣欲のままに、粘膜同士をけだもののように擦りあわせ、食《は》みあう。

舌が絡み、巻きつき、口の端からは淫息が溢れた。

梨桜菜はあやめの唾液を啜り飲み、また自分の唾液を相手に流しこむ。また、あやめも梨桜菜の蜜を大切に飲みほし、ねだるようにその唇に喰らいついてくる。

あやめの儚《はかな》げでいながらも、淫気漂う姿は、同性の梨桜菜でさえ色に狂わせる。

「あやめさん……キスだけでは、たまらないでしょう？　胸も、あそこも、もっと感じさせてあげるわね」

性の愉悦で蕩けきった頭のまま、梨桜菜はそう口走る。

量が少ないとはいえ、梨桜菜もワインとともに媚薬を口にしていた。

あやめの妖艶な魅力に、女学生の頃の熱い昂りを思いださせられ、同時に火照る身体を持てあましてしまっていた。

梨桜菜は手指で巧みにあやめの股間部を撫であげ、もう一方の手で柔乳を根元から揉み搾って、乳頭に溢れる母乳を吸いつづけた。

「ああ、胸も、ぁひぃぃ……感じて……おっぱい出るの……止まらないの……これは、ああ、けいちゃんのおっぱいなのに……んぅぅッ、ああ、出る、出るぅぅッ……ミルク出ちゃううぅッ……ぁはあぁぁッ！」

幾度目かの搾乳で感極まったあやめは、乳首から甘蜜を噴きださせた。

「んふふ、本当にいやらしい身体よね。感じて、おっぱいが出ちゃうなんて……あやめさんの身体、エロすぎね……これで圭斗くんをたぶらかしているのね」

梨桜菜は溢れる母乳を啜り飲み、懐かしいほのかな甘みを堪能する。

射乳するあやめのいやらしい乳房を言葉でなぶりつつも、ミルクの優しい味わいや懐かしさに、荒ぶる気持ちが鎮まってきてしまう。

恨みや怒りは徐々に薄れ、目の前の豊満なあやめの肢体の瑞々しい魅力をしゃぶりつくしたいと思う欲望のほうが強くなってくる。

「……あやめさんの乱れる姿をもっと見たいの……ねえ、もっと感じて……」

あやめの首筋にかじりつくと、その柔肌に甘噛みして歯形をつけてやる。

美しい未亡人の雪のように白い肌に、朱い歯形の痕を刻むたびに、征服欲が満たされる思いだった。

「ぁふぅう、して……お願いよ、じらさないで、梨桜菜さん……」

「じらしてないわよ……ぁあ、でも、どうしてなの……だんだん身体が熱くなってきて……ぁはぁぁ……」

あやめと乳繰りあっているうちに、次第に梨桜菜の身体の芯は蕩け、力が入らなくなっていた。

責めるよりも、責められたいと身体が疼き、刺激を欲《ほっ》してしまう。ショーツの奥が熱く濡れてくるのがわかる。秘唇がヒクつき、誰かに汚されたくて、たまらなくなってしまう。

「……今頃、お薬が効いてきたっていうの……ぁぁ、ぁはぁぁ、これすごい……」

「どうしたの、梨桜菜さん。ねえ、あなたがしてくれないのなら、今度は私がしてあげる……」

媚薬によって理性の皮が剝がれているのはあやめも同じだ。熱い衝動のままにあやめは梨桜菜を強く抱きしめ、同時にキスで口を塞ぐ。

ソファの上で梨桜菜に組み敷かれていたあやめだったが、逆に梨桜菜に抱きつくと、その柔らかな座面から床へ転がるようにずり落ちた。

二人抱きあったまま転がったことで、今度はあやめのほうが梨桜菜の上になる。

「ねえ、梨桜菜さん……女子校出なのは、あなただけじゃないのよ。いっしょに気持ちよくなりましょう」

あやめは舌なめずりすると、仰向けに床に転がった梨桜菜の唇を上から奪う。

「んふぅ、ぁ、んちゅ、ちゅば……はふぅ……あやめさん、キス、激し……」

「お返しよ。梨桜菜さん、ほら、私のキスにすべてを委ねて、気持ちよくなってね……ああ、梨桜菜さん、凜々《りり》しくって、でもときどき見せるキュートなところが可愛い。キツくて、でもキス一つでめろめろになっちゃった後輩を思いだすわねえ」

あやめは梨桜菜が窒息しそうなほど激しくキスしつつ、彼女のスーツを脱がしていく。

シャツブラウスの胸元をほどいて乳房を露出させると、そのまま下肢をぴっちりと覆うスーツのパンツをずり下ろして、そのむっちりと高く張った尻たぶを白日の下に晒す。

「んふふ、梨桜菜さんのお尻、いい形」

発達しきった美尻の丸みと張りを確認するのかのように、エロティックに手指を這わせていく。

お尻を直接撫でまわされて、梨桜菜は情けない声をあげてしまう。

「や、やだ……ぁぁ……あやめさん……」

「こんなに綺麗で、美しいお尻で。柔らかくて、それでいて張りもあって、本当に妬《や》いてしまうわねえ……」

あやめの手指が尻の脂肪に潜りこんで、その形を艶めかしくゆがめていく。ピンクの爪先が尻たぶに沈み、その生白いヒップとの色のコントラストが美しい。

何度も臀部を揉み捏られているうちに、気持ちが昂り、あられもない声が唇から零れて、止まらなくなる。

梨桜菜の囀《さえず》りを引きだすように、艶尻の谷間にそって指先がねっとりと這いずりまわる。

綺麗に手入れされた爪の先が、柔尻を引っ搔き、その甘美な刺激に、言いようのない背徳的な愉悦を覚えてしまう。

「あやめさん……だめ……もう、許して……」

女に尻を撫でられ、愛でられている。そのいけない甘やかさに耐えきれず、梨桜菜は許しを求めてしまう。

やめてほしいのではなく、身体はもっと禁断の園へ踏みいり、快美に耽りたいと願っていた。

「だめって、言って……ぁぁ、ぁはぁぁ……」

「だめなのに抵抗はしないのね、梨桜菜さん……そういうところも、後輩といっしょ。強がってばっかりで、本当はほしいのよね。そんなんじゃ、けいちゃんも逃げちゃうわよ……」

あやめのねっとりとした手触りが尻肌をねぶるように凌しつくす。

ナメクジに双尻を犯されているような嫌悪と甘美に、梨桜菜の喘ぎはとめどなく溢れた。

「そうよ、梨桜菜さん……いい声で感じるじゃない。いつも凜々しくて、格好よすぎるから、けいちゃんが警戒しちゃうのよ……もっと無防備な梨桜菜さんを見せて……」

あやめは残ったグラスのワインを口に含むと、それを口移しで梨桜菜に飲ませる。

「んんッ……ぁふ……それは、んんッ」

「そうよ、媚薬の入ったワインなのよね……んふふッ。もっと感じて……私の相手をたっぷりとしてもらうわね……もう手加減しないから……」

梨桜菜の股間に頭を潜りこませると、あやめは艶やかなショーツのデルタ部を舐めしゃぶっていく。

濡れた絹地が透けて、内にけぶる繁みが透けてみえてくる。

「そんなところも、あふぅぅ、ぅぅ……ぁぁ、身体が熱くて……ぁん、ぁはぁぁッ……」

「んふふ、ちゃんとショーツを脱いで確認しましょうね」

あやめは梨桜菜のショーツをずり下ろし、その姫割れを晒す。ひくひくと震える陰唇からは蜜が溢れて、梨桜菜の昂りが抑えられないものになっていることを示していた。

「ぅう……見ないで、あやめさん……」

「さっきの強気な態度はどこへ行ったの……もう、そんなに子鹿みたいに震えちゃって……」

「だって……私は責めるのは得意だけど、ぁぁ、恥ずかしい……責められると弱いのよ……」

　さきほど口にした媚薬がさらに効いてきたのか、梨桜菜の身体の芯は熱さに溶けてしまいそうだった。

　あやめの前で恥を捨てて乱れる覚悟も持てず、沸騰寸前にまで高まった獣欲を抑えこむので必死だ。

　あやめの視線が梨桜菜の下腹部に痛いほど注がれる。

　さらけだされた三角州の淡い下草はおねだりの蜜にしっとりと潤んで、淫靡に照り輝いていた。

「本当。責めには弱いみたいね。んふふッ、けいちゃんにいっぱい責めてもらえばいいじゃないの。私もお手伝いしましょうか？」

「何をバカことを言うの……ぁんッ……母親で年上の私が責められるなんて、ぁぁッ……圭斗くんに手ほどきしてあげないといけないのに……」

「ん、子供は勝手に大きくなるものよ。親はそれを見守るだけ……けいちゃんにその身を委ねてもいいんじゃないの……」

あやめは性欲のままに梨桜菜の股座に鼻先を擦りつけて、立ちのぼる熟れた女の香りを肺いっぱいに吸いこむ。

花の匂いにも似た甘酸っぱさに頭がくらくらとしてしまう。

「……んぅうッ、ぁぁ、だめぇぇ、見るのも……嗅ぐのも、だめよ……」

「じゃあ、お汁を飲んであげるわね。いっぱい蜜が溢れて、あそこに溜まってるわよ……」

羞恥のあまりにぴっちりと閉じられた内腿と恥丘で作られた蜜溜まりの甘露を、あやめはいやらしく口をつけて啜り飲む。

「あんッ、ぅぅぅッ……お汁啜って、だめ……いや、音も立てないで、ぁうぅぅ……」

「んんッツ、こう？　音を立てるのね、んぢゅッ、ぢゅるるるるッ……」

梨桜菜の含羞を破裂させるかのように、あやめはわざとらしく粘液音を立てる。

激しいあやめの口での吸引に、幾重にも重なった膣粘膜のヒダヒダまで引き伸ばされているみたいで、羞恥は最大限に達する。梨桜菜は初めてのセックスのときみたいに顔を手で覆い、いやいやと首を左右に振る。

「恥ずかしい……ぅぅ、あやめさんにも、媚薬は効いているはずなのに……」

「……だから私だって、もう限界って、言ってるでしょ……」

顔をあげたあやめは口の周りを梨桜菜の愛液で濡らしながら、潤んだ瞳を向けてくる。艶然とした双眸の奥にぎらりと光る、性欲の滾りに梨桜菜は射竦《すく》められてしまう。

「ぁぁ……もう……だめって言ってるのに……」

迫ってくるあやめの魔手から、逃れられない自分に梨桜菜は気づく。

あやめは獣のように荒く息を吐きつつ、しなやかに身体をくねらせて、熟れた双腿を梨桜菜の下肢に巻きつける。

蜜を吐く秘裂同士がゆっくりと近づき、そのまま唇同士を甘く絡めあった。

「ああ、あやめさん……だめ……」

「だめって、嘘を言わないで……して、の間違いよね。梨桜菜さん、自分から腰を押しつけてきてる……ぁふ……ぁ……んぅぅ……」

「……ぁん、ぁんんッ……言わないで……ぁはぁぁ……」

「梨桜菜さん、積極的……私も、もっと……して……」

二人は松葉崩しのような格好で投げだした両足を絡め、ふやけきった秘唇同士での甘い接吻を楽しむ。

露出した花弁同士が擦れて、零れた淫液が泡立ち、白い糸を引く。

「ほら、もっとよ、梨桜菜さん……もっと気持ちよくなりましょう……んんッ」

「ぁ……はふぅ……もう、あやめさんの、好きにして……」

あやめは媚毒で全身が犯されているにもかかわらず、梨桜菜を甘くリードしていく。

彼女の快感を引きだすように腰を絡め、ときおりクリトリスを梨桜菜のそれに擦りつけてくる。

甘いときめきが秘処で何度も弾けて、梨桜菜はそれに引きずられるようにいけないレズの快楽に堕ちていく。

互いに仰向けのまま、下肢を巻きつかせ、押しつけあって女同士の秘め事に耽りつづける。

やがてあやめは身体を起こすと、梨桜菜の腰に手を回す。そのまま強引にあやめのほうへ梨桜菜は引き寄せられてしまう。

「こっちよ、梨桜菜さん」

「ぁ……んぅう、胸が、はひ……ぴっちり合わさって、ぃううぅう……ッ……」

おおぶりの乳房同士がすりあわされ、むちむちに張り詰めた柔肉が重ね餅のように平らにへしゃげ、軟体動物のように形を変えていく。勃起した乳嘴同士がなまめましく絡み、潰しあう。

「ぁひ、ぁひぃぃ……梨桜菜さん、そうよ、胸、いぃッ、んひぃぃッ……」

「あやめさんのおっぱいに、ぁぁ、私の胸が包みこまれてくみたいで、はぁぁッ、なんていやらしいの……ぁふぅぅ……もっと、あやめさんを感じたい……」

胸先から弾ける悦びに背すじを仰け反らせ身悶えしながらも、二匹のメスはさらなる悦びを求めつづける。

名前を呼びあい、熱い視線を絡め、そのまま唇を重ねあう。おま×こと乳房でいけない悦びを感じつつ、口づけを重ねた。

互いの舌を出し入れして、口腔を犯しあい、甘い呼気と唾液を存分に交換する。あやめと梨桜菜は、ただひたすらにキスの愉悦に耽溺した。

「ぁふ、くふッ……梨桜菜さん、そろそろイカせてあげるわね……私も、もうッ、いっぱいいっぱいで、ぁぁ、気持ちよくなりたい……ッ……」

「あやめさんも、なの、ああ……私も限界、いっしょに気持ちよくなりましょうッ……」

梨桜菜のあそこから多量の蜜が零れて、壊れた蛇口のように溢れるお水が止まらなくなってしまっていた。

それはあやめも同じで秘割れからは果汁がとめどなく溢れて、淡くけぶる繁みを妖しく潤わせていた。

「あやめさん……女同士でなんて……本当にいいのかしら？　私、久しぶりすぎて……やっぱり怖いの……もっとよくなりたいのに、恥ずかしい……」

梨桜菜は羞恥に身悶えする。彼女は情欲の昂りを自身の中で処理しきれなくなってしまっていて、ただ溢れる思いを吐露する。

「大丈夫よ、私も同じなのよ。こんなにいけない悦びを思いださせるなんて、梨桜菜さんは罪作りなヒトね。ぁぁ、ぁはぁぁッ、くふぅッ、さあ、いっしょに気持ちよくなりましょう……んんッ……」

あやめはそんな彼女を天賦の母性で包みこみ、甘く抱きしめる。

梨桜菜は無言のまま、けれど肯定の意思をこめてあやめの柔唇に自らのそれを押しつける。唾液を交換し、舌同士を淫靡に絡め、あやめを骨の髄まで貪ろうとする。

同時に腰を激しく震わせて、あやめとの間にもたらされる乙女同士の法悦を求めた。

モラルも何もかなぐり捨てて、ひたすら悦楽の海に耽溺したかった。

「んぅう、ぅうッ、梨桜菜さん……ぁあ、激しい……もうッ、火が点《つ》いてしまったみたいね……」

「ぁはぁッ、あやめさん……もっと、もっとしてぇ、くふぅう、お姉様みたいに感じさせてッ……ぁはあぁぁッ！」

衝動的な情欲に衝き動かされるままに、梨桜菜はあやめの花びらに自身のそれを密着させ、絡みあわせる。

膣同士が圧迫され、内奥の蜜がとぷとぷと押しだされる。溢れた淫水が絡みあった秘唇で攪拌《かくはん》され、妖しく泡立つ。同時に鞘同士が擦りあわされ、充実しきった牝芯が露になる。剝きだしの秘粒同士が当たると、快美感が背すじを貫いて、脳髄で弾けた。

「梨桜菜さん……ぁあ、いい、いいわッ……たまらなく、いいッ……クリ、感じてしまう……」

「あやめさんもなの……私も、ぁはぁッ……あやめさんが激しく責めてきて、ぉうぅう、あそこが痺れるみらいに感じて、ぁあッ、もっと、もっとして……ぁふ、ぁふぅッ……」

昂りのまま、あやめと梨桜菜は濡れ真珠を互いを突きあい、つば競りあいを繰りかえす。乙女の朱濡れが絡み、下腹部を悦びの渦で溶かし尽くしていく。

同時に乳房をめちゃめちゃに押しつけあって、互いの乳芯から溢れる甘美を全身で感じつづけた。

「ぁうぅッ……ぁぁ……イク……もうイッてしまう……梨桜菜さんは、んぅぅッ、どうもうイキそう？　んぅぅッ……」

「はい、イキます……私も、あやめさんに、ぃううぅッ、ぁうぅう、イカされてしまいます。クリも、胸も感じすぎて、わけわかんなくなって、ぁ――ッ、イグ……イグぅぅぅ……んぅぅッ……」

熟れた裸身を互いにぶつけあって、絶頂へと飛翔しつづける。血潮は愛欲に滾り、女同士で禁断の悦びを貪りつづける。

果芯同士は激しくは溢れるジュースでふやけきって、意思のある軟体動物のようにぴったり重なって一つになり、女の悦楽を爆発的に産みつづけた。

「あああ、私、もうイキます……あはぁぁッ、梨桜菜さんもいっしょに、ぁはあぁぁあ、いひぃぃッ、ぁくうぅぅ……んぅぅぅぅ――ッ!!」

「……私もイグ、イグぅぅぅッ……女同士でイッてしまうぅぅ……ああ、こんな……こんなぁぁ……圭斗くん、ごめんなさい……ぃううぅッ、ぃううぅぅ――ッ!!」

あやめと梨桜菜はともに、女同士の交わりの蕩けるような深い愉悦に包まれつつ、その頂へと飛翔しきった。

二人はわけのわからない喘ぎを漏らしつつ、まるで初めから一つであったかのように、身体をぴったりと押しつけ、抱きしめあいつつ、法悦の余韻に身体を痙攣させつづけた。

「ぁ……ぁぁ……ぁはぁぁ……ぃひぃぃ……もっと……梨桜菜さん……」

「や……んんッ、これ……以上されたら……戻れなくなって……ぁぁッ……」

百合快楽に溶けあいながら、溢れる悦びを貪りつづける。

あやめと梨桜菜は酒と媚薬と、そして乙女同士の禁断の快楽に酔い痴《し》れ、一夜限りとその悦びを交歓しあう。膣粘膜を幾度なく擦りあわせ、キスしあい、溢れる体液を啜り飲みあい、またそれを口づけで分け与えあう。

擦りよせあった身体から、境界は溶けてなくなり、あやめは梨桜菜と、梨桜菜はあやめとなって、お互いの悦びに奉仕し、尽くしあった。

二人は女子校時代に戻ったように、乙女だけに許されたいけない悦びに耽溺《たんでき》するのだった。

# 第六章　エナメルスーツの艶かしいライン

「……はあ、梨桜菜さんとエッチなことしようとすると、どうして上手《うま》くいかないんだろ……」

圭斗は自室のベッドに寝転んだまま、天井を見つつ嘆息した。

お風呂場でも、車の中でも、梨桜菜へ挿入しようとすると圭斗は気後《おく》れしてしまい、勃起は力を失ってしまう。

梨桜菜が嫌いな訳ではなく、むしろ好きすぎて、緊張してしまうのだ。彼女の生真面目で、どこか威圧的な雰囲気も圭斗を萎縮させてしまう要因の一つだ。

「こうやって梨桜菜さんの大きくて素敵なお尻を思い浮かべるだけで……んっ……大きくなっちゃうのに……」

梨桜菜の人一倍大きく、均整の取れた二つの尻丘の押し詰まった感触を思うだけで屹立の充実を感じる。彼女の大人の香りに、熟れきった肢体、落ち着いた大人の色気はぞくぞくするほど官能的で、母と息子という禁じられた関係もまた圭斗を昂《たかぶ》らせた。

圭斗はズボンにテントを張ったまま、カーセックスのときの乱れた梨桜菜を思いだしては悶々としてしまう。

「いるのね、圭斗くん……」

そのときだった。梨桜菜が圭斗の部屋にいきなり入ってきた。

「の、ノックぐらいしてよ……あ……」

圭斗は股間を膨らませたまま、隠すのがワンテンポ遅れてしまう。ズボンの下の勃起を梨桜菜にしっかりと見られてしまう。

「また……エッチなことを考えて……」

「……これは……ええと……」

言い訳を口にしようとして逆に詰まってしまう。これだと梨桜菜の指摘を認めたのと同じだ。

「あやめさんのおっぱいの感触でも思いだしてたの？」

挑発的な梨桜菜の物言いに、圭斗はつい反発してしまう。

「違うよッ……その、梨桜菜さんの大きなお尻のことを考えてたんだ。それでおっきくしてたんだ……」

そこまで口にしてから、しまったと思ったが遅かった。梨桜菜の顔はみるみるうちに耳まで真っ赤になり、その手はわなわなと震えていた。

圭斗は怒られると思って身構えたのだが、梨桜菜は厳しい言葉を浴びせることはなかった。

かすかに瞳を潤ませつつ、じっと圭斗を見つめてくる。

「ねえ……本当に、私のお尻で、お、おっきくしてくれてたの……」

梨桜菜は感極まった様子で、パンツスーツのまま、ベッドに寝た圭斗に抱きついてきた。

「圭斗くん……本当に……私でここを大きくしてくれてるんだ……」

「ほ、本当だよ……嘘なんて言わないよ……ぁうぅッ……」

梨桜菜は圭斗に熟れた身体を密着させてくる。大人びた香水の匂いが襟元から漂ってきて、頭がくらくらとしてしまう。

圭斗の言葉の真偽を証明するかのように、屹立はさらに雄々しさを増す。

「本当……圭斗くんのここ、もっと硬くなってきてる……」

ねっとりとした囁きとともに、太腿が屹立に押しつけられた。

スーツのパンツ生地越しでも、むっちりとした柔らかさがペニスを包む感触が伝わってきて、さらに勃起が促《うなが》される。

「圭斗くん……今度こそ、しましょう……私とエッチして、いいわよね……」

「う、うん。わかったから、ぁうぅぅ、おち×ちん責められると、ぁぁ、出ちゃいそうになるよ」

梨桜菜の腕の中で、圭斗は緊張と悦びの狭間で揺れつつ、身体を小刻みに震わせてしまう。

しなやかな手指が圭斗の股間に伸びてきて、勃起したペニスを取りだす。そのまま梨桜菜は圭斗のいきりを、パンツスーツの股間に挟んで素股コキしはじめた。

「圭斗くん、どうかしら、大丈夫？」

「ぁうぅぅ……大丈夫だよ、んんぅッ……梨桜菜さんのスーツのパンツが当たって、ぁぁッ、気持ちいいよ……」

スーツ生地のつるつるしたなめらかさと、その内側の柔肉の温もりに包まれ、ペニスは大きさと硬さを増していく。カウパーが切っ先から滲み、それがスーツの太腿あたりを淫靡に濡らす。

「んふふ、いいみたいね。よかった、じゃあ、もっとしてあげるわね」

梨桜菜はそり返ったペニスに股間部を押しあてて、腰を上下左右に揺すって責めたてる。同時に充血した亀頭の先を指の腹で丹念に擦って刺激する。

「ぁうぅ……ぅぅ……」

「んふふ、圭斗くんのここ、ガッチガチね。カウパーもいっぱい溢れてきて、私の指に絡みついてきてるわよ」

梨桜菜が指先で巧みに切っ先を揉み、間断なく快感を送りこんでくる。上品なパールカラー仕上げのネイルに、おねだり汁が絡み、艶めかしく白い糸を引く。

圭斗はひどくいけないことをしているような気持ちになり、かえって昂ってしまう。

梨桜菜は勃起の根元から胴部に股座を押しつけてくる。そこにかすかに体重を載せつつ、剛直に圧迫を掛けてくる。

「圭斗くんのおち×ちん、すごいわよ。こんなに大きくなって、あと少しね……少しで私と……」

「ぁくッ……少しで梨桜菜さんとセックス……できるよね……ぅぅッ」

素股の激しさのあまり、ペニスが暴発しそうになる。圭斗はそれを必死に堪《こら》えつづけた。

そそり立った幹竿が梨桜菜の股間に圧迫され、かすかにたわんで弾む。梨桜菜はたくましい怒張の滾《たぎ》りを薄布越しに感じ、子宮に甘く締めつけられる。

「圭斗くん、もう、もう……私っ……我慢の限界よ……」

梨桜菜は圭斗の腰に跨がったまま、いやらしく腰を左右にグラインドさせてスーツのパンツを、ショーツやストッキング共々脱ぎ去ってしまう。

成熟した柔腿の奥には、愛液に潤んだ繁みが艶めかしい照りを見せて、圭斗を強く誘う。

「圭斗くん、ほら、怖くないのよ……私のここも圭斗くんをほしがってるの……」

梨桜菜は両腿を自ら割りひらいて、女の秘園を露出させる。

さらに秘裂を二本指で押し開き、膣の内粘膜まで圭斗に晒した。内奥のぬるつきや照りがいやらしく覗き、幾重ものヒダがひくついて、圭斗を求めていた。

真珠色の指爪は淫らに濡れ、蜜が細い糸を引いてそこに絡んでいた。

圭斗は艶やかな梨桜菜の花弁に目を奪われてしまう。その生々しさに梨桜菜の女の躍動を感じ、崇拝したくなるほどの尊さを覚えてしまう。

「……梨桜菜さんのおま×こ……ボクにはもったいなさすぎて……」

同時に梨桜菜の秘洞の神々《こうごう》しさに、圭斗は圧倒されてしまう。

一度は大きくそり返った怒張が次第に力を失い、それとともに圭斗はますます自信を喪失してしまう。

「あ、あれ……この、このッ……」

「圭斗くんのおち×ちん……小さくなってしまって……」

ふにゃんと萎れてしまった屹立を梨桜菜は優しく撫でさすってくれる。だがすぐに大きさを取り戻すことはない。

「大丈夫よ、圭斗くん……私がすぐに大きくしてあげるから」

梨桜菜は圭斗を仰向けに寝かせたまま、シックスナインの姿勢を取る。

ペニスを口腔に入れて舐めしゃぶりつつ、蜜に潤んだ秘部を圭斗の顔に擦りつけてやる。

「んぅうッ、ああ、すごい……梨桜菜さんのおま×こ、まる見えで……」

「ほら、もっと感じて、私の女もこんなに濡れて、圭斗くんをほしがってるの……」

姫割れから蜜をだらだらと溢れさせ、それが圭斗の顔をいやらしく汚していく。膣から香る艶やかな匂いに圭斗の屹立は一瞬、反応するものの、それ以上大きくはならない。

「んちゅ、はふ、お願い、勃《た》って、ほら勃ってよッ。お願いだから、ぁんッ、ねえ、圭斗くんのおち×ちん、こんなおばさんじゃイヤなの、ねえったら!?」

梨桜菜は剝きだしの生尻を妖しく振り乱して、圭斗のペニスに訴えかける。口腔の中で半勃起したペニスを吸い、同時に陰嚢を責めたてる。

「梨桜菜さんのことおばさんなんて思ってないよ……綺麗で素敵なヒトだよ。あうぅうッ……」

「じゃあ、どうしてッ……んちゅ、ちゅぱッ、はふ、ほら大きくしなさい」

指先が巧みに屹立を這いまわり、甘いキスが勃起を愛しつづけた。

必死になった梨桜菜は尻たぶで圭斗の顔を挟みこむ格好のまま、秘処を強く擦りつける。尻の重みが鼻面《づら》に乗り、顔面騎乗に近い格好のまま、圭斗は責められつづけた。

「うぅッ……すごいエッチだよ。梨桜菜さんのお尻の重さと柔らかさを感じながら、んぅうッ、愛液まみれになるなんて……」

「ほら、圭斗くん、もっと、もっと感じて、大きくして。私も、ぁあッ、圭斗くんの顔で感じてしまう……ぁあ、ぁはぁッ、だんだん大きくなってきたよ……ああっ、あはぁぁッ、そうよお股に顔を突っこんで、ママを感じて……ぁあ、ぁはぁぁ、ぁくうぅッ、ほら、おち×ちんも勃起させてッ、あと少し……」

梨桜菜はさらにお尻を圭斗の顔に乗せて、そのでこぼこに姫割れを擦りつけて、圭斗のいきりを奮い立たせようとする。

だがペニスが隆起することはなく、半勃ちのまま再び萎えてしまう。

「もう、勃って、おち×ちん、勃起して……んちゅ、はふ、んちゅぱッ」

圭斗を奮い立たせるべく、秘園を彼の顔に絡めつつ、中折れしたペニスを必死でフェラしつづけた。

唇で雁首をしごき、吸いたて、同時にふぐりをやわらかく揉みこむ。梨桜菜は持てる性技の限りを尽くし、圭斗を勃起へ導こうとした。

しかし、ペニスが雄々しくそそり立つことはなく、力なく萎れてしまう。

「圭斗くん……ああ、もう……ッ……どうして……」

いらだちをぶつけるほど、圭斗が緊張することはわかっていたが、自分でも気持ちがコントロールできなくなっていた。

「……ごめんね……」

語りかけても、股の間に挟みこんだ圭斗から反応らしきものが返ってこない。返事代わりに秘部をしゃぶったり、動いたり、そんな動作もなかった。

「……ええ、っと……」

訝《いぶか》しげに思って、梨桜菜は圭斗の様子を窺う。

「ん……圭斗くん……どうしたの……」

声をかけても、圭斗から反応はない。おそるおそる尻を上げると、圭斗は梨桜菜の尻の下でなかば窒息し、ぐったりとしていた。

「あッ……うそッ……圭斗くん、しっかり、ほらッ」

慌てて圭斗の肩をゆすって声をかけると、

「……大丈夫だよ……ごめんなさい……梨桜菜さん……」

答えがなんとか返ってきて、梨桜菜はほっと胸を撫で下ろす。

「……よかった。私、調子に乗ってやりすぎてしまって……」

溜め息をつきつつ、梨桜菜は仰向けのままの圭斗を見下ろすと、その愛液まみれの額にそっとキスする。

「ごめんなさい……母親なのに……エッチなこと強制しちゃって……」

昂る愛しさの溢れるままに舌を這わせて、圭斗の顔についた蜜を舐めとっていく。キスの雨を降らせ、鼻先を絡めて、圭斗の唇を甘く奪う。

圭斗もキスを返して、二人は舌同士を絡め、唾液を交換し、獣のように激しく愛を交わしあう。

夢中になっている二人は誰かが圭斗の部屋の扉を開いたまま、その様子を覗いていることに気づかずにいた。

「……ねえ、お二人ともいいかしら？」

「え？」

抱きあったままの状態で、いきなり声をかけられ、梨桜菜と圭斗、二人の身体が固まってしまう。

闖入者《ちんにゅう》者が誰かは声だけでわかった。

開いた扉の向こうにはばつの悪そうに微笑むあやめが手を振っていた。

「うふふ、ただいま。今帰ってきたのよ」

梨桜菜は何も言えなくて、むすっとしてしまう。

「何よ……何しに来たのよ……私が圭斗くんと上手くいかないのを笑いにきたの？」

「梨桜菜さん……ちょっと落ち着いて……」

圭斗が押しとどめるものの、梨桜菜の憤りは収まりそうにない。

「あら、違うわよ、むしろ協力しにきたのよ。今日はけいちゃんのママじゃなく、おニ人のキューピッドさんね、んふふッ」

「キューピッド、何を言ってるの？」

あやめの突然の言葉の意味が汲み取れず、梨桜菜は戸惑った。

「梨桜菜さん、ほら、こっちに来て。いいものがあるのよ」

あやめは梨桜菜の手を取ると、部屋の外へと連れだし、
「じゃあ、けいちゃん、少し待っててね。そうね、服を脱いで、そのまま待機してて
ちょうだい。ママたちがいっぱいエッチなことしてあげるから、一人でしちゃダメ
よ」
そう言い残すと、部屋から出ていってしまった。
一人残された圭斗は呆然となる。
ほどなくして扉が開き、梨桜菜が顔だけを出す。
「えっと、梨桜菜さん……どうして顔だけなの……」
「それはね……ふ、ふんぎりがつかないからよ。ねえ、あやめさん、やっぱり、やめ
ましょう。圭斗くんに幻滅されちゃうわよ……」
「大丈夫よ。私から見ても、梨桜菜さんは可愛いわよぉ。ああ、抱きしめたいぐら
い」
あやめに背中をぐいぐい押されているものの、梨桜菜は必死に抵抗しているようだ。
「待ちなさい……こんな格好を圭斗くんに見られたら……母親の威厳とか、築きあげ
てきたものが……ぁんッ……」
そのドアが内側に開かれ、梨桜菜のあられもない格好が晒される。

「梨桜菜さん……その服は……えっと」

「え、あぁッ、み、見ちゃダメよ、圭斗くん。見てはダメッ」

見るなと言われるほどまじまじ見たくなるのが男の性《さが》だ。

梨桜菜は、髪に黒い猫耳のカチューシャを着け、胸元の大きく露出したボディスーツを身にまとっていた。

身体の艶めかしいラインが露《あらわ》になっていて、鈍く輝くエナメル地のそれは強烈なフェティシズムをともなう色気を感じさせた。

下腹部から妖しく突きだした美脚の優美な曲線も露で、むっちりと高く張った美尻の狭隘《きょうあい》からは同じく黒の猫尻尾を生やしていた。

「うう、恥ずかしい……この格好をするのが、こんなにキツいなんて……私、三十一歳で職場だと部下もたくさんいるのに……もう、やめましょう……ねえ、あやめさん」

「んふふ、大丈夫よ、梨桜菜さん。せっかく、可愛い猫耳スタイルなのに。この格好で圭斗くんのおち×ちん、にゃんにゃん、いっぱいおねだりしましょうね」

艶めかしい身体のラインを強調するスーツに、愛らしいもふもふ猫耳の取り合わせは、梨桜菜の色気を強調しつつも、凜とした近寄りがたさを和《やわ》らげていた。

羞恥のあまりに梨桜菜は震え、両腕で自らの胸乳をぎゅっと抱きしめたまま動けずにいた。

「ほら、圭斗くんにご挨拶よ。梨桜にゃん」

「そ、そんなことできるわけないじゃない……うう、恥ずかしくて、死ぬ、今すぐ死にそう……」

「でもねえ、そのままだと梨桜にゃんは、圭斗くんと一生セックスできないかも……それはイヤよねえ？　大丈夫、私がサポートしてあげるわよ」

圭斗は梨桜菜のあまりの変わりぶりに目を奪われてしまっていた。

羞恥に顔を真っ赤にする彼女は愛らしくて、今まで知っている強くて格好いい梨桜菜とは別の顔だ。まともに圭斗のほうを見られず、梨桜菜はずっと俯いたままだ。

「んふふ、梨桜にゃんはどうかしら？　だいぶ柔らかくなったわよねえ」

あやめに促され、圭斗は思っていることを素直に口にする。

「梨桜菜さんの猫耳可愛いよ。お尻も大きいから、ハイレグのボディスーツも、お尻の尻尾もすごく似合ってて、最高だよ！」

そこまで圭斗に言われて、梨桜菜は羞恥に耳まで真っ赤にしたまま、ゆっくりと顔を上げる。

「本当に……本当にそう思うの……こんな年上のお姉さんで、しかも母親がこんな恥ずかしい格好してるのに……」

「うん、梨桜菜さん、よく似合ってるよ……確かに外をいっしょに歩くのは恥ずかしいけどね……」

圭斗が笑いかけると、梨桜菜はますます顔を赤くする。

「うッ……やっぱり、そうよねえ、可愛い猫耳に尻尾……はふぅぅ……三十過ぎて、この格好をするとは思わなかったもの……」

圭斗の視線を感じ、恥ずかしさが蘇《よみがえ》ったのか、剝きだしの内腿をぴったりと揃えたまま、ぶるぶると含羞に身悶えする。

「冗談だよ、冗談。本当に似合ってるよ。今の梨桜菜さんだと、なんだか親しみが持てるよ……ねえ、ちょっとすりすりしてもいい？」

「え、すりすりって、きゃッ！」

ベッドの脇にいやらしい猫耳ボディスーツで立ったままの梨桜菜の腰に、圭斗はぎゅっと抱きつく。下腹部に頰を当てて、そのつるつるした感触を楽しむ。

「あん、こら、圭斗くん……ぁふぅぅ、やめて……あやめさんが見てるのに……」

梨桜菜は圭斗にベッドへ引き寄せられると、そのまま崩れるように倒れこんでしまった。

「圭斗くん……少し待って……心の準備が……ぁんッ」

ベッドで寝転んだまま、圭斗に下腹部を貪るように愛撫され、あられもない声をあげていた。

熟れきった女盛りの肢体は、身体の線の露になったボディスーツによって、その肉感的な美しさを強く引き立てられていた。

肩口の露出したスーツからは、量感溢れる乳房がこぼれださんばかりで、谷間の深さは双乳の豊かさを見せつける。

大きく切れあがった大腿部のラインは艶めかしく下肢を彩り、腰のくびれから左右に張ったヒップのまるみが映える。

スーツのエナメル地はてらてらと黒光りして、梨桜菜の成熟した美しさに、フェティッシュな色気が華を添えていた。

「あ、だめ、圭斗くん……こんな格好……裸よりも恥ずかしい……ッ」

圭斗は股間に顔を押しつけたまま、太腿の感触に耽溺する。そんな彼をなんとかふりほどこうと、梨桜菜は足をじたばたさせる。

それでも圭斗は離さず、感じやすくなった下肢を撫でさすり、半勃ちしたペニスさえ押しつけてくる。

圭斗から逃れようと、ベッドの上を四つん這いになって進もうとする。

「梨桜菜さん、もう往生際が悪いわよ。梨桜にゃんで、けいちゃんにエッチしてもらいましょうね。顔をベッドに押しつけて、お尻だけ突きだす格好にしたら、恥ずかしくないわよ、んふッ」

「うそよ……お尻突きだして、ぁはぁぁ、本当に猫の交尾みたいじゃない……」

梨桜菜はあやめの手でうつぶせに返されてしまう。もがくほど、半ば剝きだしの双臀が揺れ、尻の合間から突きだした猫尻尾が淫靡さに愛らしさを添える。

「せっかくけいちゃんがその気になってるんだから、梨桜菜さん、母親らしく受けとめましょうよ。けいちゃんとあまあまエッチ、したいのよねえ」

梨桜菜の脇からあやめが悪魔のように囁き、彼女の抵抗の意思を少しずつ溶かしていく。

「でもッ、ぁん……ぁ……」

突きだしたお尻に圭斗が抱きつき、そり返った怒張が突きつけられる。尻たぶが剛直にぐいぐいと押されて、妖しく波打つ。

「ぁふぅぅ……圭斗くんの大きくなって……」

「梨桜菜さんが恥ずかしがって逃げちゃうの見て、もっといじめたくなっちゃったんだよ。そうしたら、おち×ちんも大きくなって、ねえ、いいよね、しちゃうよッ」

ボディスーツで覆われた股間が牡槍に何度も突かれ、弄《もてあそ》ばれる。それに引きずられるように、梨桜菜も生尻を揺すって、いきりのたくましさを受けとめる。同時に猫尻尾が揺れ、圭斗の下腹部を妖しくくすぐってくる。

「んぅぅ、いいの……本当に……圭斗くんにしてもらえるの……」

「もちろんだよ、今だと絶対にできるよ。梨桜菜さんを、ママをボクの女にするから」

女にするという言葉に感じてしまい、身体の芯が熱く蕩けてしまう。

圭斗は今まで以上に積極的になっているのは、柔尻を掴む力の強さや怒張の熱から伝わってくる。

「そんなこといきなり言われたら……私は圭斗くんのママなのに……ぁふぅぅ……あぁ、どうして……あそこがすっごく感じちゃう……」

「もう、いいじゃない。ママのまま、いっぱい感じちゃいなさい、梨桜菜さん。けいちゃんの熱いおち×ちんで、おま×こをいっぱいかきまわされると、気持ちいいわよぉ」

あやめから囁き混じりに煽られて、梨桜菜の密壺はますます甘く蕩け、姫割れからは熱く蕩けた蜜を吐きだす。

ボディスーツの内側は溢れたジュースで洪水になっていた。

梨桜菜のエナメルのクロッチが引っ張ってずらされ、クレヴァスが露にされる。剝きだしの淫裂を圭斗の視線に晒されて、梨桜菜はさらに昂っていった。秘所からは愛液が溢れ、淫らな香りが部屋を満たす。

圭斗は梨桜菜の蜜唇に優しくキスし、舌でぺちゃぺちゃと内奥をほぐす。すでに感じきった姫孔はやすやすと舌を受けいれ、逆に吸いついてくる。

「ぁぁ、もう、もうじらさないで、圭斗くん……ママにして……めちゃくちゃに犯して……」

「わかったよ、いよいよだね」

梨桜菜の生尻の迫《せ》りだすような張りはむしゃぶりつきたくなるほど魅惑的で、双臀の狭間の誘うような深い狭隘がその淫らさに華を添えていた。

圭斗は梨桜菜の尻たぶを鷲づかみにして、猫尻尾を脇へ払う。

「んん……ぁはぁぁ……」

感極まったような梨桜菜の声に圭斗は突き動かされ、切っ先を秘口へあてがう。熟女の熟れた膣は本能的な動きで鈴口に吸いつき、溢れた汁で屹立を根元まで濡らす。

張り詰めた剛直がバックからゆっくりと挿入され、そのたくましさに、梨桜菜は感極まった声をあげてしまう。膣がゆっくりと押し拡げられて、内奥まで犯されていくのがはっきりとわかる。

「……ぁ……やっと、圭斗くんがママのものになったのね……」

「違うよ、ママがボクのものになったんだよ、ッ」

「もう、生意気言って、ぁはあぁッ、奥に、ぁんんッ、そんなところまで……まだ入ってきて、ぁうううぅぅ……」

想像以上に深く芯柱を突きこまれ、梨桜菜は自身の密壺の拡がりを圭斗に教えられた。媚肉がかき分けられ、ずぶずぶと自身の中に圭斗が分け入ってくる。

「あぐぐぅぅ、んぅぅッ……ぁうぅぅッ、そこを押されると、ぃううぅ、子宮に響くの……」

「ここがいいの？　梨桜菜さんッ」

「だから違っ、感じすぎるから、押すのは、だめ、だめぇぇッ……」

膣底を圭斗にぐりぐりと押しこまれて、子宮まで激しく感じさせられていく。

久しぶりに奥までずっぽりとペニスを呑みこんで、梨桜菜に年上の余裕はほとんどなかった。

「……ああッ……やっと圭斗くんのおち×ちんを感じられて……うれしい……」

「ボクもだよ。梨桜菜さんの中、すっごい締めつけてきて、たまらないよ」

梨桜菜も圭斗もつながった悦びのまま、互いの感触を貪る。

「んふ、全部呑みこんじゃったみたいね、梨桜にゃん、いやらしい。オチ×ポを咥えこんで、おま×こもいっぱい口を開けて、よだれを溢れさせて……たまらないって感じよねえ」

あやめに言葉嬲りされて、梨桜菜の羞恥は最大限まで高められる。

「言わないで……ああッ、恥ずかしいけど……でも、してほしい……圭斗くん、動いて……」

バックから深々と貫かれたまま梨桜菜は腰を揺すって、はしたなくおねだりする。

あやめの見ている前だったが、飢えた女の欲望がまさった。

「うん、動くよ。んッ、んんッ」

「ああ、あはぁッ、圭斗くんが中で暴れてッ……いい、いいのぉ、気持ちいいッ……ぁはんッ……」

ゆっくりだった圭斗の抽送は次第に、速さと鋭さを増して、梨桜菜を追いこんでいく。熟れきった秘筒は深々と突きこまれるいきりに反応して、淫らに収縮する。

「ぁうぅぅ……ぁぁ……圭斗くん……もっと、もっとッ……」

結合部から愛液がこぼれ、淫らな香りが匂いたつ。膣はペニスでかき混ぜられて、悦びに打ち震えた。梨桜菜は自らも熟尻を振り乱し、圭斗の挿入をねだる。

張りだした雁首が膣壁を擦りあげ、膣底を何度も叩く。

甘く蕩けるような波に翻弄され、同時に歓喜の槍に背すじを突き通され、梨桜菜は四つん這いのまま、獣のような奔放さで愉悦によがり鳴く。

「ぁはぁぁッ……ぃぃッ、いひぃぃッ……入り口も奥も、ぁ――ッ、感じる、全部感じてしまうのッ、やはぁあぁッ……ぁぁッ」

本能のままに乱れる梨桜菜に興奮させられ、圭斗の責めはさらに激しくなる。

熟女の膣の柔らかな吸いつきと、甘い締めつけの両方に引きずられるようにして、腰を打ちつけた。

「これがママのおま×こなんだね、ああッ、すごい、すごいよ……」

「そうよ、圭斗くん、いっぱい私を感じてッ……ぁはあぁぁ、圭斗くんのオチ×ポが、ひぐぅぅッ、子宮にまで響いて……ひぎ、ひぎぃぃッ……」

「ママ、もっと感じさせてあげる、子宮でイカせてあげるからッ」

圭斗は迫りあがってくる射精感を堪《こら》えつつ、ピストンをつづける。

「ああッ、ママとセックスだなんて、いけないことだってわかってるけど、でもやめられない……いけないって思うほど、昂って、やめられないよッ！」

「ぁんッ、いいのよ、圭斗くん……ママにもっとして、ママに圭斗くんの成長したおち×ちんを感じさせて……あううッ、いひぃッ、ひぃッ、子宮感じて、ああイッてしまう……」

圭斗は梨桜菜の絶頂が近いことを知り、さらに責めの手を強める。腰を八の字に揺らしつつ、抽送する。

蠢く膣ヒダをかき分け、子宮口を割り開かんばかりに、切っ先を内奥へ潜りこませた。

「ああ、あはあぁぁ、もう、もうッ……」

感極まった様子で梨桜菜は尻たぶを淫らに震わせる。同時に猫尻尾が愛らしく揺れて、圭斗を誘う。

「うぅっ、梨桜菜さん、出すよ。ボクも、限界だよ」

押さえこんでいた射精欲求が何度も頭をもたげてきて、我慢しきれなくなっていた。

圭斗は昂りに任せて腰を梨桜菜に密着させ、同時に目の前で震える猫尻尾を握りしめた。

「ぁぐうぅう、ぉふうぅッ、おま×この奥ッ、突きながら、尻尾に触っちゃだめ、だめぇぇッ……ぁおおぉぉッ……」

「尻尾……どうして、んんぅぅッ」

梨桜菜は尻尾に触れるだけで淫らに悶える。その反応に圭斗は驚いてしまう。

「けいちゃん、尻尾はね、スーツについてるんじゃないの。尻尾の逆側はアナルプラグになっていて、お尻の孔につながってるのよ。だから、たくさんいじめてあげてね」

「いや、いやぁあぁぁ、圭斗くんに言っちゃだめだって、あれほど…ぁひ、ぁひいぃッ……お尻、らめぇぇぇぇぇ……」

圭斗は果てそうになりつつ、尻尾を押しこんでやる。そのとたん、梨桜菜は背すじを弓なりに反らせて、メスの本性を剥きだしにした吠え声をあげる。

「ぉうぅう、お尻とおま×こと同時に責められたら、ひぐ……ぃひぐぅぅッ……」

猫尻尾が小刻みに揺すられるたびに、梨桜菜は喉奥から叫びにも似た嬌声を迸《ほとばし》らせる。

「尻尾はだめって、言って……ぁぁ、ぁひぃぃッ……んぅッ……」

お尻の窄まりはプラグが揺すられるとともに、縦横に少しずつ拡げられ、脊髄はアナルの愉悦でどろどろに溶かされてしまう。

「ママ、これで最後だよ。そのままイッてよッ」

圭斗は肛門を拡張開発しながら、同時に子宮口を何度も突き、梨桜菜を愉悦の彼方へ追いやる。

「いひぃい、イグ、イグぅぅぅ……ああ、ママなのに、圭斗くんに、息子にイカされひゃうぅッ……」

梨桜菜は全身を引き攣らせたまま、悦びの炎に背すじを貫かれ、絶頂した。

同時に梨桜菜の秘洞は咥えこんだ剛直を激しくバキュームする。

「ううッ、ママ、出すよ。中にいっぱい射精するね」

「……き、きて……ママに中出しして、圭斗くんを受けとめさせて……」

絶頂で蕩けきったまま、梨桜菜は射精をおねだりする。

そこに圭斗は多量の白濁を注ぎこむ。

連続的に流しこまれる灼熱に、梨桜菜は歓喜の声を漏らし、熟れた裸身を震わせる。

「あぁ、やっと、圭斗くんとエッチができた……」

「ボクも梨桜菜さん、いやママとエッチできてうれしいよ」

二人はつながったまま、果てた余韻に浸る。

腰を密着させたまま、圭斗の剛直は甘くほぐれた密壺の感触に反応し、再びその硬さと太さを取り戻した。

「んぅぅ……んふぅぅッ、圭斗くん、また、ぁぁ、大きくなって、仕方のないコねぇ、ぁはあぁぁ……」

膣内で雄々しくそり返る怒張は、膣襞を押し拡げて、隧道を拡張していく。梨桜菜は若い猛りのたくましさに身を委ね、内奥を支配される喜悦に耽溺する。

「二人とも、まだお楽しみはこれから。せっかく盛りあがってるのに、おま×こだけなんて、もったいないよぉ」

一瞬何を言わんとしているか、圭斗と梨桜菜はわからない。あやめは小悪魔の笑みを浮かべ、そっと梨桜菜の尻尾に手を触れた。

「……ぁふぅぅ、そこはッ……あやめさん……もしかして、ぁぁ、いやッ……圭斗くんの前なのに……ぉひぃぃ、ぃひぃあぁぁッ……」

あやめの手で尻尾ごとアナルプラグを引き抜かれ、梨桜菜は排泄感にも似た禁断の愉悦とともに、はしたない喘ぎを漏らしてしまう。

梨桜菜の尻尾が刺さっていた場所は、いやらしい空洞になっていて、内ヒダの朱色のつるつるしたぬめりが圭斗を妖しく誘う。

「あらら、準備万端みたいね。ほら、けいちゃん。梨桜にゃんのお尻の処女も、もらってあげて」

「お尻の処女……そっか……ママもこっちはきっと初めてだよね」

圭斗は開ききった窄まりに口づけをして、舌で舐めほぐしてやる。

「ああ、圭斗くん……だめ、そっちはいけないのよ。もう、あやめさんに騙されてるの、ああッ……ぁはぁあぁぁ……お尻はいや……いやッ、いやぁぁッ……」

「んちゅッ、ママのお尻もほしいんだ。お尻が初めてなら、なおさらだよ。ママの初めては全部ボクのものにしたいんだ……」

最愛の圭斗にそう言われると、梨桜菜は何も言えなくなってしまう。

「いいよね？」

「もう……圭斗くん……あとで覚えていなさいね」

「いいってことだよね、やった」

無言のまま、梨桜菜は真っ赤になった顔を向こうへ背け、その代わりに甘く匂いたつ艶尻を圭斗に突きだしてくる。

「あやめさん、あとでちゃんとお話を……ぁんんッ……」

切っ先が尻孔にあてがわれ、梨桜菜は押し殺そうにも声が出てしまう。

「お話がどうしたのかしら？　んふふ、お尻にオチ×ポ突っこまれて、梨桜にゃん、話どころじゃないわよねえ」

「うう、この……許さな……ぁおおぉぉッ……」

そのまま圭斗の剛直が肛門を割って、押し入ってくる。挿入される屹立の強い異物感に、淫らな雄叫びをあげてしまう。

「ママの中に、ほら入っていくよ。お尻の処女はボクがもらったからね」

「もちろんよ……ぁはぁぁッ……息子にお尻の処女奪われても、声が出てしまう……ぁおおぉぉ、ぉほ、ぉほぉぉぉ……」

梨桜菜は緩やかな屹立のピストンだけで、獣のような叫びをあげていた。

太幹は肛裂に呑みこまれたまま、前後にゆっくりと動き、その腸腔を拡張しつつ、内粘膜の性感を開発していく。

アナルを犯され開発される羞恥と、最愛の息子に処女を捧げることのできた悦び、それらが梨桜菜の胸中で交互に浮かんでは消える。

「ああ、ママ、たまらない。ママのお尻の孔がおち×ちんに吸いついてきて、最高だよ」

「圭斗くんが気持ちよくなれて、よかった……ママもだんだん、ああ……よくなって きてしまって……お尻で悦んでしまうなんて、私、なんて堕ちてしまったの……あぉ おぉぉッ……」

　腸奥を突かれ、内臓まで震えるような快美感に背すじを浸食され、激しい引き抜き に排泄にも似た爽快な悦びが下腹部で弾ける。アナルセックスに蕩けさせられ、メス の本性を剝きだしに身悶えする梨桜菜を尻目に、あやめは部屋を出ていく。

「梨桜菜さん、私がいると思いきり楽しめないでしょうから、んふふ、少しだけ外し ますね」

「ちょっと、待ちなさ──ぉうぅぅ、ぉほ、ぉほぉぉッ……」

　声をかけようとしたところで、腸奥までいきりを突きこまれ、今度はゆっくりと引 き抜かれる。

「ああ、もう、こんなにして、ぁおぉぉ、あやめさんッ、責任取りなさいよ、ぁおぉ ッ、ぉほぉぉ、ぉうぅぅ……」

　抽送が次第に激しくなるにつれて、禁断の悦びが身体に刻まれていく。

「圭斗くんに動物みたいに後ろから犯されて、頭、真っ白で何も考えられない……」

「ママ、お尻なんて動物でもしないから。お尻でよがちゃうママは動物以下の淫乱ビッチだよね」

「圭斗くん……そんないやな言葉を覚えて、ああ、ああぁッ、ぁおおぉぉ、ぉほぉぉッ……」

母として強く注意したくても、アナルを掘削され、けだもの以下の吠え声をあげていては説得力はない。

何よりも圭斗にイヤらしい言葉で嬲られ、梨桜菜のマゾ性癖が強くかきたてられていく。

じゅぷじゅぷと粘液と雁首の張りだしの擦れる音が淫靡に響く。腸液が菊襞から溢れて、潤滑油の代わりに刀身を濡らす。

屹立の引き抜きのたびに拡張された藤蕾の粘膜が妖しく覗き、圭斗をさらに昂らせた。

「ママのお尻の中、すごいよ。別の生き物みたいに吸いついてきて、もう出す、出しちゃうよ。お尻にたくさんぶちまけるね」

「いいわよ、出して、ぁおおぉぉ、圭斗くんを、お尻にも妊娠するぐらいちょうだい。ぉうううぅ、私もイグ、イグぅぅ、お尻で、アクメしてしまうッ」

「ううッ、出すよッ！」

「ぁぁ、来て、来てぇぇッ、ぉおぉぉ、ぁおぉぉぉ、ら、らめぇぇ、けだものみたいな叫び声、もう止まらない、ぉぉほおぉぉ、ぉおぉッ、ぁおぉぉおぉ――ッ……」

圭斗が腸奥へいきりを突きこみ、ぎとぎとの濃厚精液を勢いよく迸らせる。激しい突きこみと射精の熱に梨桜菜も同時絶頂し、メスとなって悶え叫ぶ。

流しこまれたぷりぷりの白濁粘弾は下腹部を膨らませ、まるで妊娠初期のように下腹を圧迫するのだった。

溢れた精は肛口に栓をしたままの剛直を押しかえして、結合部から零れ、滴り落ちる。

「ぁはぁぁ……圭斗くんの射精でイッひゃったぁ……ぁぁ、お腹の中、精液でいっぱいで苦しひよぉ……」

「ママの中にいっぱい出せて、うれしいよ……ほら、またゆっくりと動かすね」

「ああ、らめ、らめぇぇッ……イッたままのお尻、感じすぎるから、ぁおおおぉぉ、そんなにかきまぜたら、またイグぅぅ、ぉほ、ぉほぉぉッ……」

梨桜菜は美しい円球を描く尻たぶを振り乱し、すぐに絶頂してしまう。そこに圭斗は何度も楔《くさび》を打ちつけ、梨桜菜をさらなる愉悦の彼方へ追いやった。

「ぉううッ、ぉふッ、ママなのに、母親なのに圭斗くんにたくさんイカされて、ぉほぉぉッ、らめ、らめすぎぃぃ……ぉほぉぉぉ……またイグっ……ぅぅ……」

度重なるアナル連続絶頂の嵐に、梨桜菜は息も絶えだえとなって、ベッドに崩れていった。

「ママ、ママッ、出すよッ」

倒れつつも、剛直を咥えこみ、梨桜菜は淫らにヒップを揺する。圭斗は彼女の腸孔内へ滾る思いを解き放つ。

「ああ、ママ、よかったよ……やっとママとセックスできた」

腰を拍動させ、圭斗は精を吐く喜悦に身を委ねる。

彼岸へ跳ぶたびにあれだけ魅惑的なダンスを踊っていた尻たぶは、ただ妖しく痙攣するだけで、梨桜菜は半ば気を失っていた。

圭斗は愉悦と陶酔のただ中にある梨桜菜を後ろから抱きしめ、その温もりを感じるのだった。

「……ぅぅ、もう、圭斗くん……お尻までしてしまって……こういうういけないことをしないように、あとでちゃんとお話よ……」

そうは言うものの、梨桜菜の表情は我が子と深く一つになれた充足感に満ちみちていた。

抱きあい、セックスの激しいオーガズムから復活しつつあった二人のところに、再びあやめがやってきた。

猫耳をつけた梨桜菜とは対照的に、あやめはうさ耳を頭につけた古典的なバニースタイルで現れた。梨桜菜と同様に胸尻を大きく露出した黒のボディスーツを身に纏っていて、その肉感的な肢体の強調された様子があまりに眩しかった。

肩口から背中にかけて、雪のように白くなめらかな肌を惜しげもなく晒し、愛らしいウサ耳に、張りだした臀部の上にのった綿玉のような白い尻尾が、あやめの肢体の熟れた魅力を引き立てていた。

「あやめさんまで、どうしたの？」

「……梨桜菜さんとけいちゃんの激しいエッチ見てたら、私もしてほしくなっちゃったの。いいでしょ。ほら、私もママで、可愛いバニーさんなのよ、えへへ」

あやめはベッドの上に乗ると、圭斗のほうへ手をさしのべて、彼を誘う。

「でも……ちょっと……梨桜菜さんが……」

「んふふ、梨桜菜さん以上に気持ちよくしてあげるわね……」

愛らしく微笑む甘やかなあやめのすぐ脇に、身体を起こした梨桜菜が並ぶ。

「……私も、まだ圭斗くんとエッチなことしたいもの……ほら、圭斗くんッ」

戸惑う圭斗は右からあやめ、左から梨桜菜に抱きつかれ、囚われのお姫様のようにされるがまま、全身を愛撫される。

キスの雨が全身に降り注ぎ、同時にしなやかな手つきで愛撫される。

腰や腿、背中、腕、そしてうなじや耳元まで、二人の美熟女に舐めしゃぶられ、すみずみまで快楽を流しこまれる。

あやめが圭斗に奉仕するほど、対抗意識を燃やし、梨桜菜の愛撫もどんどん大胆になる。

「うう、待ってよ……そんなにされたら、ああ、またッ」

「また、どうしたの。んふふ、バニーさんでおっきしちゃったのかな、けいちゃん」

「圭斗くん、ああ、またおち×ちんを大きくして。本当に節操のないコね」

二人の指摘どおり、圭斗の牡槍は大きく隆起し、その勃起の回復をまざまざと見せつけている。

穂先から半透明の我慢汁が溢れだし、言い訳さえできないでいた。

「ぁうぅ、これは、んぅぅッ」

あやめと梨桜菜の豊満な肢体に自身の身体がサンドイッチされ、その興奮で勃起はさらに大きく硬くなる。

二人の母親の手指に同時にそり返った逸物を弄ばれ、否応なく腰をびくびくと震わせてしまう。ラメピンクとパール、二つのネイルで彩られた母親の指先が妖しく躍った。

あやめの爆乳が顔に押しつけられ、同時に梨桜菜の豊乳が肩口から後頭部を優しく癒やしてくれる。

乳房に前後を挟みこまれ、身動きさえできない。濃厚な乳の匂いが肺をやすらかに満たす。

圭斗が身じろぎすると、身体のあちこちが乳頭に擦れるのか、甘やかなママたちの喘ぎが前後から響いてくる。

複数の女のヒトに包みこまれる経験など皆無だった圭斗はその濃厚なメスの香りと雰囲気に酔ってしまい、興奮が収まらない。

「けいちゃん、ギンギンですごい……こうやって押さえても、跳ね返ってきて、あんッ、下腹に当たっちゃう」

「……圭斗くん、そろそろしてほしいの。身体が熱くて、たまらないのよ」

梨桜菜は切なげな囁きとともに、ペニスの先を誘うようにまさぐる。パールの爪先がきゅっと亀頭を包みこみ、艶めかしく蠢く。

「ほら、けいちゃん、ママもしたいの。いっしょに気持ちよくなりましょうね、んふ」

同時に男を扱うのに長《た》けたあやめが、圭斗のふぐりの裏や屹立の裏筋を何度も撫であげる。ピンク色の艶やかな爪先が下腹部で遊ぶ様に、彼の欲望は激しく煽られた。

「けいちゃん、苦しそう。ほら、バニーママが癒やしてあげるから。おま×こでくちゅくちゅがいいかしら、それとも、ママの初アナルをもらってくれるの？」

「圭斗くん……私もほしいの……ああ、恥ずかしいけれど、もう一度、お尻にして……圭斗くんのオチ×ポの刺激が忘れられないの……まだ、私のアナルは圭斗くんのオチ×ポの形のまま、開いて、はひ、す〜す〜してるのよ」

むせかえるような両ママのほの甘いミルクと化粧、そして濡れたおま×この蜜の香り、これらがないまぜになって圭斗を蕩けさせていく。

これ以上にないほど愛情に満ちた柔らかさに包まれつつ、圭斗は二人とともにベッドへゆっくりと寝転ぶ。

理性の限界を超えた梨桜菜が先に仰向けになるとM字開脚に割り開き、尻を浮かせて、窄まりに挿入をねだる。

「っひぃッ……はひッ……ひふぅぅ……お願い、圭斗くん……ママ、お尻がむずついて、耐えられないの……」

ふだん、生真面目そうな梨桜菜が出す喘ぎは本当にいやらしく、尻の蕾は妖しくヒクついて、滴る腸液がシーツを濡らし、染みを広げていく。

そこにあやめが覆い被さって、四つん這いのまま背すじを大きく反らせ、熟れた美尻を圭斗のほうへ突きだす。

あやめの突きたての餅のようなやわらかさに満ちたヒップに、梨桜菜の大きく盛りあがり、引き締まった弾力溢れるヒップ、二つの艶尻が妖しく絡みあいつつ、圭斗を淫らに誘う。

晒された下肢の違った美しさに圭斗の情欲は激しくかき立てられた。

「……はぁあぁぁ……けいちゃん、ママのお尻におち×ちんちょうだい。うさちゃんの尻尾はアナルプラグになっているの。抜いてくれたら、けいちゃんを受け入れる準備はできているのよ……梨桜菜さんに負けたくないもの……ほら、お願い」

熟れきった二人のママの乱れ臀を見せられて、圭斗の怒張はさらに大きくそり返る。

魅力的な二つの美しい尻。どちらかを選ぶなど不可能だ。

「いくよ、二人とも。いっぺんに犯しちゃうよ」

圭斗はそう宣言し、あやめのうさ尻尾をゆっくりと引き抜きつつ、梨桜菜の菊孔にいきりを挿入する。

「ぁ……ぁおおぉぉ……お尻、すご、すごぃいぃぃ……はしたない声がどうしても出てしまって、ぉうぅ……」

「あああぁッ、圭斗くんのおち×ちん、中に……太いいぃぃ……ぁふぅうぅぅ……」

あやめと梨桜菜は息子の手によって、同時にあられもない嬌声をあげてしまう。

続いて圭斗は梨桜菜から怒張を引きぬき、あやめの肛口に突き入れる。うさ尻尾のアナルプラグの抜けた尻孔は圭斗をすんなりと呑みこむ。

「ぉ……ぉぉぉ、ぉほぉぉぉッ、けいちゃんのたくましいのが、お尻に入ってきて、すごひぃぃ、中が押し拡げられて、この圧迫感、ああ、おま×こ以上の充実感を感じて、素敵……これがお尻のいけない悦びなのね……」

「あやめさん、お尻でよがって、はふぅ、これで変態の仲間入りだね」

圭斗に嬲られ、あやめは顔を真っ赤にして頭をぶんぶん振る。

「いや……そんな、変態だなんて言わないで……ますます興奮してきちゃうじゃない……んふぅぅ、けいちゃん、ほら、遠慮なくママを突いてッ」

「圭斗くん、私のお尻も、ああ、ずぼずぼして……お尻でもっと感じさせてッ……」

二人の甘やかなおねだりに圭斗は奮い立ち、二人の直腸を交互に突きまくる。

ぬちゅぬちゅと粘りけのある音を立てあやめの肛孔を貫き、返す刀で梨桜菜のほぐれきった腸腔を激しく攪拌する。

「あやめさんのお尻処女もいただいたね。これで二人のママのお尻は全部、ボクがもらったことになるよね。二人のママの前も後ろも、ボクのものだよッ、そらッ、もっと感じて……ママの悦ぶ顔が見たいんだ」

剛直が二人の腸腔を交互に擦り、刺激する。

切っ先が引き抜かれるたびに、体液のしぶきがいやらしく飛び、あやめと梨桜菜の尻たぶを汚す。そうして雁首が体内へ潜るたびに、溢れた蜜が竿胴を伝って、根元を濡らした。

「おうぅッ、そうよ、けいちゃんに処女を奪われて、ママ、感じてるの。お尻の奥突かれて、子宮まで揺さぶられて、こんなにすごいの、初めて。獣みたいな吠え声が、ああ、年甲斐もなく出してしまう、小娘みたいに乱れてしまうのぉ……ぉぉッ、ぉうぅぅ、ぁおおぉぉッ……」

「圭斗くん、ぁはぁぁ、もっとッ、私のお尻もかきまわして、奥まで突いてぇぇッ。ぐちゃぐちゃにして、ぁはぁぁ、お尻の奥から子宮に響いて、いいいッ、ああッ、若いチ×ポにいっぱいされるのやっぱり最高よぉ……くはッ、ぁあはあぁぁッ……」

「ううッ、こんな。ボクのママ、二人ともエッチすぎて、どうかしてるよッ」

精嚢の引き攣りを感じつつも、激しく腰を使い、交互に愛しつづける。腸壁のつるつるした吸いつきと、肛門のキツい締めつけがたまらなかった。それらが次々に圭斗を襲い、ペニスの内部を押し拡げて外へ出ようとする歓喜を押しとどめるのに精一杯だ。

二人の母親を満足させようと、圭斗は背伸びをして、必死にピストンを続ける。

射精を堪えるほど、太刀は太く硬く、そして凶悪にそり返って、あやめと梨桜菜を喘ぎ乱れさせた。

「ぁおおぉ、ぉぉぉッ、もうッ、もうッ、私、イグぅぅぅ……けいちゃんにお尻でイカされる……ママなのに息子にお尻イキぃぃさせられ、ぉおぉッ……」

「私も……イク、イクぅぅ、オチ×ポでお尻めちゃくちゃにされて、イグぅぅぅッ、ぉほぉぉッ、昨日までお尻の悦びなんれ、知らなかったのに、あおおッ、お尻でないと、もうらめ、らめぇぇッ、らめなのッ、ぁおうぅぅッ……」

重なりあったまま圭斗に犯され尽くし、あやめも梨桜菜も母親の顔を捨て、ただの二匹のメスとなって、乱れつづける。

そのありえない剝き出しの獣欲に、圭斗は昂り、同時に二人の息子への熱い信頼を感じるのだった。

心を許してくれているからこそ、大人の女性がここまで我を失った痴態を晒してくれるのだ。

圭斗は二人の母親の信頼に答えるべく、怒張を操って、あやめと梨桜菜の腸内を最大限激しくピストンする。

ペニスをバキュームしてくる直腸に、圭斗は本能的な畏怖を覚えつつも、腰を激しく使い、バキューム以上の強さを持って腸奥を突き、腸壁を擦りあげた。

「二人とも、イキそうなんだ。じゃあ、これでイッてよ。ボクも出す、出すよッ」

そのまま硬く鋭い剣尖を最奥まで突きこんで、圭斗は最初はあやめ、次に梨桜菜と、二人の母親を一気に絶頂へ押しあげる。

「あおおぉぉ……お……おお、おほぉ……ぉおッ……イグ、イグぅぅ、ママお尻イキぃい、しひゃぅう、ぉひぃい――ッ……」

「私も、ひぐぅう、お尻イキぃッ、圭斗くんのオチ×ポで連続アナルアクメするぅッ、いはぁあぁ――ッ……」

熟れきった女盛りの母が二人、艶めかしい身体を絡ませつつ、互いに絶頂する。

「ボクも、ううッ、ぁぁ……精液、出て……止まらない……んぅ……ぅぅ……」

　圭斗はあやめの腸奥を白濁で満たし、そのまま欲望を吐きだすいきりを梨桜菜の菊口へ挿入し、剛直の拍動のままに子種塊を幾度も斉射し、直腸をザーメンまみれにしていく。

　全身をイキ震わせながら、二人の母親は腸腔を悦びの迸りで白く汚され、アナル中出しの歓楽に身悶えする。

　淫らな獣と化した母たちに満足を覚えつつ、圭斗は梨桜菜から屹立を引き抜き、あやめの肛門へ挿入する。

　そこで二度目のアナル射精、続いて梨桜菜へも二度目のアナル射精をプレゼントする。

　滾る白濁がシャフトから溢れつづける間、圭斗は二人の尻孔を交互に襲い、精を打ちこみつづけた。

　そうして銃身の律動が止み、精が絶えるまで、母親たちのアナルへ中出ししつづけたのだった。

　あやめは生尻をアナル絶頂の余韻でぶるぶると震わせつつ、尻孔からは白濁をとぷとぷと排泄する。

同様に、梨桜菜も発達しきった豊尻を乱れさせつつ、ピストンで口を開ききった腸口から逆流した精液をよだれのように零れさせた。

「……お尻……いい……けいちゃんにまた……されたいの……こんなこと考えるなんて、いけないママを許して……」

「……お尻、ハマりすぎて……ぁひぃぃ、ぉふぅぅ……もう、私、元に戻れない……ぁはぁぁぁ……」

溢れた生のマグマで下腹部をどろどろに汚されながら、あやめも梨桜菜も飛天の悦びに酔い痴れたまま、ぐったりと脱力していた。

圭斗は母親たちの蕩けきった、緩み顔を見て、満足に浸る。

そうして昂りに任せて、どろどろの情熱を噴きださせ、あやめと梨桜菜の太腿や尻の狭隘を、さらに淫らに美しく染めるのだった。

＊

その夜、圭斗がトイレをすまして、自室に戻ろうとしたとき、偶然、梨桜菜と廊下で会ってしまった。

「圭斗くん……こら、逃げないの……」

「だって、あんなに激しく、え、エッチしたあとだし……照れくさくなっちゃって……」

「そんなの、私のほうが恥ずかしいでしょ……圭斗くんは私に幻滅しちゃった？」

圭斗はぶんぶんと首を振って否定する。

「そう、よかった。圭斗くん、女はね、いつになってもセックスした相手というのは特別なものなのよ」

そう言いつつ梨桜菜は顔を真っ赤にしつつ、圭斗の手をぎゅっと握る。

恋人つなぎで、もう離さないという梨桜菜の意思が伝わってきた。

「エッチの続きよ。今日はいっしょに寝ましょう」

「うん……」

そのまま圭斗は梨桜菜の部屋に連れこまれ、ふかふかのベッドでいっしょに添い寝することになってしまった。

初めて入る梨桜菜の部屋はきちんと整理されていて、海外で集めてきたらしい陶器の愛らしい人形が置かれていたり、写真が貼ってあったりして、圭斗が知らない梨桜菜の一面がそこにあった。

部屋の中は梨桜菜の色っぽい香りで溢れていて、その刺激の強さに圭斗はどぎまぎしてしまう。

緊張したままベッドに腰掛けてきょろきょろしていると、ベッドの脇に先ほどのカチューシャの猫耳が置いてあった。

「梨桜菜さん、これ着けてみないの？」

「え……そ、そうね。つけてみる」

圭斗は半ば冗談のつもりだったが、梨桜菜は生真面目で凛としたいつもの雰囲気のまま、その黒猫耳を装着する。

「どう、圭斗くん？」

はにかみながらにこりと微笑む梨桜菜は愛らしくて、実の母親かもしれないのに、その艶っぽさの中に生まれたキュートさに、じっと見入ってしまう。

「なんていうか、さっきのセックス……思い出しちゃうかな……」

「そうね。私もよ……でも、さっきの続きでいっしょに寝るんだから、いいわよね。夜も遅いし。もう、寝ましょう」

「う、うん」

猫耳をつけた梨桜菜はいつもよりも柔和な感じがした。じっと見ていると、「もう」

と言って少し照れ、怒ったような表情を見せる。

照明を消していっしょにベッドに入ると、薄暗い中で、梨桜菜の息づかいと匂いとぬくもりがリアルに伝わってくる。

そして梨桜菜と甘いスキンシップを繰りかえし、蕩けるような甘美な時を過ごす。

「ねえ、圭斗くん。何度かいっしょにつながっただけなのに、気持ちまで近づいてしまうの、不思議よね……お尻までされてしまって……今でも思いだすだけで、恥ずかしくて……」

梨桜菜の優しい腕にいだかれていると、かすかな心音の高鳴りや、羞恥の震えさえ伝わってくる。

「圭斗くん……私と、ママとずっといっしょにいてね……」

「うん、ずっとママといっしょだよ」

「ありがとう……」

梨桜菜はさらにきつく圭斗を抱き、その額に甘やかなキスを繰りかえす。

「それとね、お尻のセックス、またしようね。もっとお尻でエッチに感じるママを見たいな」

「もう、圭斗くんったら……人前では、お尻のセックスの話をしてはだめよ」

叱るような調子だが、イヤそうな感じはしない。二人きりなら、エッチな話をしても怒られることはなさそうだ。

「ママはどう？　お尻でいっぱいよがってたよね。気持ちよかったんだよね？」

「もちろん、すっごく気持ちよかったわよ……いっぱい圭斗くんに突かれて、何もかもさらけだして、イッちゃったわ……だめな母親でごめんなさい……」

さっきのセックスを思いだしたのか、梨桜菜は熱い吐息を漏らす。

「……だめじゃないよ、ママは最高のママだよ……」

圭斗はうとうとしながらも、そう返す。

「んふふ、そう言われると、うれしいわね……」

抱きあったまま、互いにまどろみ、溶けあうような感覚のまま、意識が薄らいでいく。

そうして梨桜菜の柔らかな身体に抱きしめられたまま、圭斗はぐっすりと眠りこんでしまうのだった。

# 第七章　ママたちのアクメ合戦

圭斗が二人の母親たちと生活しはじめて、あっという間に一カ月が過ぎた。

いっしょに過ごす時間が増えるほど、二人への思いはますます深まっていった。

ただ実の母親は、あやめか梨桜菜、どちらか一人だ。

検査の結果がもうじき返ってくると、施設の先生から電話があって、圭斗はこの夢のような暮らしが終わりに近づいていることを知った。

圭斗は夕食のときにそのことを二人に話した。

「そうよねえ、私もそろそろだと思ってたのよ……もう一カ月なのよねえ……」

「でも、圭斗くんも母親が誰かはっきりするし、よかったじゃない」

「うん……はっきりしちゃうんだよね……ボク、あやめさん、梨桜菜さん、二人とずっと暮らせるもんだと思ってたから……」

どちらかが母親だとはっきりすれば、この同居生活も終わることになるだろう。

いつもは明るい食卓が重苦しく、みんな、言葉数が少なくなってしまう。

そんな沈黙を破ったのは、梨桜菜だった。

「いつかはわかることだったしね。ほら、暗くなってても仕方ないわよ。元気出しましょう！」

ふだん静かな雰囲気の梨桜菜だったが、努めて明るく振る舞う。

「あんまり暗い気持ちで食事してたら、あやめさんのせっかくの料理が美味しく食べられなくなっちゃうわよ」

冗談めかして、梨桜菜は続ける。

「まあ、私が本気出したら、私の料理のほうが、美味しいとは思うけどね」

「あ、ひどい、梨桜菜さん。お仕事忙しいからって、私にばっかり料理させてるのに……今度、本気のお料理をご馳走してもらわないとねえ、ね、けいちゃん？」

「あ、うん……そうだね……ボクも、梨桜菜さんの料理食べてみたいな……」

圭斗にそう言われて、梨桜菜はばつの悪そうな顔をする。

「え、そうねえ、たまには料理するのもいいかもしれないけど……圭斗くんに食べさせるのかあ。母親の審査をされてるみたいで、なんだか緊張するわね……」

自分の言った冗談が思わぬ形で返ってきて、梨桜菜はばつの悪そうな顔をする。

「まあ、考えておくわね……それよりも」

形勢の不利を悟ったらしい梨桜菜は積極的に話題を変えにかかる。

「――こういうの会社帰りに見つけたんだけど」

バッグから一枚のチラシを取りだすと、圭斗らに見せた。

「気晴らしに温泉旅行なんて、どうかしら？」

それは温泉旅館宿泊と往復の鉄道がパックになったもので、圭斗らの住むエリアでは有名な景勝地のものだ。

「ここなら近場だし、いいんじゃないかな、って思って」

早速、あやめがそれに反応する。

「あら、この旅館、評判のところね。部屋に貸し切り露天風呂がついてて、すっごくいいみたい。部屋からは綺麗な湖も見えて、んふふ、ロマンチックよね。たまには温泉でゆっくりというのもいいわよねえ」

少し夢見がちな瞳で虚空《こくう》を見つめつつ話している。心はすでに温泉に飛んでいるようだ。

「ボクも賛成。みんなで旅行に行くの楽しみだなあ」

圭斗は梨桜菜の持ってきたチラシに見入ってしまう。

「いいでしょう、圭斗くん。温泉に入って、美味しい料理食べて、綺麗な景色の場所でゆっくり気分転換することも必要よね」

「で、気分転換したら、開放的な中で、エッチなこともできちゃうわね。んふ、部屋と露天風呂がつながってるみたいだし……なんだか、想像するだけでエッチよね……もちろん家族だから部屋はいっしょよね、けいちゃん」

「え、そ、そうなの……全然、考えてなかったけど……梨桜菜さんも、そう思ってたの……」

圭斗に指摘されて、梨桜菜は真っ赤になってしまう。

「ち、違うわよ……私は、その……せっかくみんなで行くんだから、いっしょの部屋がいいとは思ってたけれど……」

梨桜菜は椅子から立ちあがると、圭斗のほうに向き直る。

「圭斗くん、そんなこと言うなら、温泉はなし、それでもいいの？」

厳しい口調だったが、怒っているというよりも、あきらかに拗ねている感じだ。

「せっかくなんだから、行こうよ。ボクがエッチなことをしなければ、いいんだよね……」

「そ、そうね、それなら問題ないわね。だいたい圭斗くんはまだ大人じゃないんだから……その、そういうことは……もう、なんでこんな変な話になっちゃうのよ……」

つい先日、目の前のあやめと圭斗と、三人での爛《ただ》れきった行為の末に、お尻まで奪われてしまったことを、梨桜菜は思いだしたのだろう。自分の言葉のそらぞらしさに、しどろもどろになってしまう。

「んふふッ、じゃあ決まりね。再来週、みんなで温泉に行きましょう」

あやめの一声で、みんなで温泉に行くことに決まったのだった。

＊

湖のほとりの温泉旅館はまだできて間もないらしく、広々とした部屋は純和風の内装で、木の心地よい香りがした。

寝室の和風ベッドも広く、三人が余裕で横になれそうだ。部屋に併設された露天風呂は檜《ひのき》造りで、溢れださんばかりの湯が浴槽へ注がれていた。

圭斗らは湖畔に沈む夕日を堪能してから、豪華な食事に舌鼓《したつづみ》を打つ。

旅行に来た開放感もあって、二人の母親のお酒も進み、頰をほんのり桜色に染めていた。

特にあやめは上機嫌なのか、いつも以上にお酒が進んでいた。それにつられるように梨桜菜の酒量も増えた。

「それじゃあ、お風呂。先にいただくわね」

あやめはゆっくりと立ちあがって、露天風呂へ向かう。

「……えっと……梨桜菜さんは、お風呂入らないの？」

「もちろん入るわよ。圭斗くん、また変なことを考えているでしょ？　あやめさん、美人だものね」

梨桜菜に少しにらまれて、圭斗はしどろもどろになってしまう。

「そ、そんなことないよ……ないってば……ないから……」

「なんてね……こんなところまで来て、叱ったりしないわよ。ほら、圭斗くんも、お風呂入るんでしょ」

梨桜菜は圭斗の手を引いて、部屋脇の脱衣場へ向かう。

「え、いいの？　その……エッチなことになっちゃうと思うし……」

「わ、わかってるわよ。私は大人なのよ、圭斗くんとお風呂に入っちゃったらどうなるかなんて、もうわかってるのよ……」

顔を真っ赤にしたまま、梨桜菜は服を脱いでいく。着ているランジェリーは黒を基調としたセクシーなもので、梨桜菜の大人びた雰囲気によく似合っていた。

少し腰をかがめて、圭斗をじっと見つめつつ、

「だから、そういうことは口に出さないの、いい？」

内緒というふうに人指し指を立てて、口に当てる。

「それって、梨桜菜さんも、ボクとエッチなことしたいと思ってくれてるってことだよね。やったぁ」

「や、やったぁ、じゃないの。大きな声を出しちゃだめ。恥ずかしいから……」

半裸のまま、梨桜菜は艶めかしく身じろぎする。黒レースのブラに包まれた乳房が震え、むっちり熟れた双尻が妖しく揺れる。

女盛りの梨桜菜の身体を見て、圭斗はすでに股間を膨らませている。

「圭斗くん、もう大きくして……速すぎよ……」

梨桜菜は悩殺的なまでの肢体で圭斗を刺激しつつも、勃起から恥ずかしそうに目を背ける。

大人の凜々《りり》しさの中にときおり見せる少女のような反応に、圭斗は屹立を漲《みなぎ》らせてしまう。

「ごめん……と、とにかく、お風呂入ろう」

圭斗と梨桜菜はタオルで身体を覆い、あやめの待つ露天風呂へ向かった。

部屋の露天風呂は、簡易な柵があるだけで、広い湖を一望できる開放的なロケーションの中にあった。

夜の闇の中、向こう岸の明かりが綺麗に見えていて、湖の広がりを感じさせる。露天風呂もやわらかな光に包まれ、上品で落ち着いた雰囲気を醸しだしていた。

圭斗らはすでにあやめが寛《くつろ》いでいる浴槽に入る。三人が入って足を伸ばしても、まだ余裕のある大きな湯船で、少し肌寒ささえあったが、湯に浸かると夜気の冷たさがかえって心地よい。

そして、圭斗を囲むように、二人の母親が湯船に浸かっていた。

左に座ったあやめは生まれたままの姿で、発達した肢体が湯の中に艶めかしくたゆたっていて、目のやり場に困ってしまう。

梨桜菜は圭斗の右側だ。タオルで身を隠していたが、布地の端から覗く成熟しきった乳房や腿、丸みを持って張りだした艶尻のラインがかえって圭斗を興奮させる。

「ふぅう、温泉、いいわよねえ。んふふッ、毎日でも来たいぐらいね」

「本当に。圭斗くんも足を伸ばして、少しリラックスしたら」

「うん、リラックスしろって言われても……」

圭斗は見たい気持ちを堪《こら》えて、二人の母親の裸身から目をそらし、前を見る。けれど、そのエロティックで甘やかな存在感だけで、興奮してしまう。湯の香りに混じって、母親たちの熟れた女の甘く官能的な匂いが圭斗の鼻孔をくすぐる。

圭斗はじっと前を見たまま、妙に落ちつかない。

「けいちゃん、少しおっきくしてきてるわねえ。んふ、ほら、遠慮しなくていいのよ」

あやめは甘やかな声とともに半身を圭斗へぎゅっと押しつけてきた。

瑞々《みずみず》しい柔肌が彼の身体の凹凸にぴっちりと押しつけられ、胸の鼓動はさらに速くなる。

「まあ、けいちゃんのまた大きくなったわね、可愛い」

屹立は軽くそり返って、その切っ先が腰に巻かれたタオル地を押しあげていた。あやめは愛おしさをこめて、タオルの膨らみをやわらかく撫でてくる。

「あ……だめだよ……もっと大きくなって……エッチなことになっちゃうよ……」

「そうねえ、エッチなことになったら、どうなっちゃうのかしら。けいちゃん、ママに教えてよ……」

あやめは圭斗の耳元でいやらしく囁きながら、その耳にキスし、ねぶってくる。片耳を溶かされるような心地よさに、知らずしらず声が漏れてしまう。

「圭斗くん、気持ちよさそうね。こっちも舐めてあげるわね」

逆側からは梨桜菜が耳たぶをしゃぶり、熱い吐息を吹きかけてくる。同時に柔らかな乳肌が身体に押しつけられ、手は圭斗のタオルを少しずつずり下ろしている。

「梨桜菜さん、だめ、だめだよ。ぁぁッ」

湯船の中で半勃ちしたペニスを隠すことはできなくて、タオルをはねのけ、その雄姿を露《あらわ》にする。

同時に二人の母親の手指が圭斗の切っ先に絡む。

あやめはピンクラメ、梨桜菜はパールと、ネイルで彩られた指先が、イソギンチャクの触手のように妖しく責めたててくる。

指の腹で擦られ、爪先で引っかかれ、屹立はお湯の中で、射精しそうな際どい刺激の連続に晒された。

同時に両耳が左右から美熟女の淫らな舌によって、蕩けるように舐めしゃぶられ、唾液を注がれ、吸いたてられる。

「うう……あううっ、だめだって……」

二人の母親の糖蜜よりも甘い責めに圭斗は翻弄され、全身骨抜きにされていく。

けれどそのペニスはしっかりと自己主張し、絡みつく無数の指に突かれ、擦られ、しごきたてられて、ついには湯船の中で放ちそうになってしまう。

「んふっ。だめ、中で出しちゃうよッ……」

圭斗は腰を浮かして、二人の責めから逃れようとする。そのまま湯船の縁と、底の間の一段高くなったところに腰をずりあげた。

隆起した剛直が湯面から顔を覗かせる。

「んふっ、すっかり大きくなったみたいねえ。今度はおっぱいで気持ちよくしてあげるわね」

あやめは位置を変え、湯で浮力のついた両の乳袋を屹立に押しつけてくる。

そうしてカウパーの溢れる鈴口に唇をいやらしく押しつけ、先走りを吸いたてた。

口腔の心地よさと、下腹部を貫くバキュームの刺激に、圭斗は腰をヒクつかせてしまう。

「ちょっと待って、私もおっぱいで圭斗くんのおち×ちんを感じさせてあげる。あやめさんよりも気持ちよくさせてあげるから」

すっかり昂《たかぶ》って、梨桜菜まで淫らなスイッチが入った。彼女もあやめ同様に、艶めかしい吐息混じりに、爆《は》ぜんばかりの膨らみを見せた双球を押しつけてくる。

左にあやめ、右には梨桜菜。

二人の母親の四つの乳房が、そそり立った剛棒に押しつけられ、密着した乳肌はペニスの形にへこみを見せていた。

そのまま量感溢れる幸せの塊《かたまり》が、いきりを包みこみ、擦りあげていく。

随喜に震え、汁を先走らせる屹立を柔らかく受けとめ、挟みこみつつ、乳球そのものも、へしゃげ、たわみ、自在に形を変える。

水面が波立ち、飛びだした亀頭や乳房が何度も湯に洗われる。

「んふふ、けいちゃん、どう？　感じてくれてる？　んふぅぅ、ほら、いっぱいママのおっぱい押しつけちゃう」

「圭斗くん、こっちのママのおっぱいも感じて。だんだん私も興奮してきて、ぁふぅぅ」

二人の母親はパイズリだけでなく、ガチガチに張った雁首へ交互にキスし、蕩けるような愉悦を立てつづけに送りこんでくる。

「んふ、ちゅッ、ちゅぱッ、はふ、けいちゃんのおち×ちん、ちょっと塩辛いわね。もう感じて、おねだり汁溢れさせてる証拠ね、んふふ」

「本当に、もう圭斗くんの節操なし。んちゅ、ちゅぱッ、はふ、本当にいっぱいカウパー溢れさせてるのね」

二人に交代でバキュームされ、裏筋を舐めあげられ、圭斗は射精を堪えるのに精一杯だった。

だが、あえなく果てた。

あやめの、そして梨桜菜の端正な顔が、美しく歪み、精液を激しく吸引する。尿道の奥から、どろついた塊を引き抜かれるような、今まで味わったことのない快美に腰がぶるると震えた。

「……ああ、ママが二人も、いっぱいボクにエッチなことしてくれて、最高すぎだよ」

柔らかな胸乳の吸いつくような感触が屹立を滑り、湯の中に浸かったふぐりを甘く揉みしだいてくる。

母親たちの熟れた乳房でシャフトを愛されつづけ、圭斗は精嚢の激しい引き攣りを覚える。

滾る精が何度も半ばまで迫《せ》りあがってきて、押し殺そうとしても、悦びの呻きが漏れてしまう。

「んふふ、けいちゃん、貯まった精液、出していいのよ。ほら、我慢しちゃうと身体に悪いわよ。ママの顔に出してくれていいのよ」

「圭斗くん、我慢はだめよ。今は、エッチな圭斗くんをいっぱいママに感じさせて……ザーメン、たくさんママにぶっかけしてッ」

母親たちによる乳房責めは激しさを増す。同時に淫靡な音とともに鈴口は何度も吸いたてられ、いきりは射精前の律動に襲われる。

「うう、ううぅッ……もう、もうッ、出すよッ……」

圭斗は腰を大きく突きあげ、幾重にも押しつけられた乳房の狭隘《きょうあい》から、穂先を押しだす。

そうして激しい刀身の脈動に身を任せて、先割れから白く滾《たぎ》る灼熱を迸《ほとばし》らせた。

「んんっ、すごい、たくさん出て……ぁはあぁぁ、ぁん、ぁふうぅ、顔にかかって……けいちゃんの精液、いっぱい……」

「んぅうぅう、圭斗くんの精子が、本当にいっぱいすぎて、けほ、けほッ……こら、出しすぎよ……もう、ぁふぅぅ……ぁはあぁぁ、すっごい、まだびゅくびゅくって、おち×ちんから、ザーメン溢れさせて、まだ、ぁひッ……かけられて……」

悦びの放水は止まることなく、二人の母親の美しい顔を、淡い栗の香《か》を纏う白濁で染めていく。

二人は浴びせられる精のぬめりと熱を感じながら、熱い息を吐き、喘ぎを漏らす。滾る子種を放つ我が子の牡根を女と母、二つの立場の悦びを噛みしめながら、恍惚とした面《おも》持ちで見つめつづけた。

「……うう……ううッ」

幾度も腰を痙攣させ、圭斗の射精はやっと沈静化する。

圭斗を囲む二人の母親は溢れるザーメンシャワーを浴び、圭斗のたくましい逸物を見せつけられて、完全に欲情しきっていた。

「けいちゃん、私たちもお願い。あそこが疼いて、たまらないのよ」

「圭斗くん、私もしてほしい……圭斗くんの母親だけど、女でもあるの。圭斗くんが私の女に火を点《つ》けたんだから、いっぱいして……」

「待ってよ、ほら……ああっ……」

二人の母親はその裸身を圭斗に擦りつけてくる。熟れた女体にもみくちゃにされ、発情したメスの甘酸っぱい香りを肺いっぱいに吸いこんで、圭斗のペニスはたちまちのうちに復活する。

メスの顔を見せ、淫らに迫る母親たち。そんな彼女らを支配したい欲求が圭斗の中でにわかに湧き起こってくる。

「ボクとしたかったら、ちゃんとおねだりして見せてよ。そうだ、浴槽のへりに手をついて、いやらしくお尻を突きだして、おねだりはどう？」

先ほど一方的に責められた意趣返しの気持ちもあって、圭斗は昂りに任せて大胆に指示を出す。

二人は我先にと圭斗の指示に従い、その艶めかしく発達した熟尻を晒す。

あやめの柔らかく肉づきのいい熟れたヒップ。

梨桜菜のむっちりと大きく盛りあがった淫靡に発達したヒップ。

二つの麗しい艶尻が圭斗の前に並ぶ。

圭斗はその光景の壮観さに、怒張をさらに奮いたたせた。エラが硬く張り、亀頭からカウパーが溢れ、その充実ぶりを示していた。

「けいちゃん、早くぅ、ママにお願い」

「圭斗くん、私よね。お願い、私にして……」

二人のエロティックな双臀が競いあうように、瑞々しい張りと妖しいゆらめきで圭斗を誘う。

「どのお尻もエッチで、選べないけど……じゃあ、最初は梨桜菜さんからね」

圭斗は梨桜菜の尻たぶに取りつくと、男を欲して愛液を溢れさせている秘所へと屹立を挿入する。

ほぐれきった彼女の蜜壺は圭斗のいきりをしっかりと受けとめ、淫らに蠢く膣襞で締めあげてくる。

「ぁはあぁぁ、ぁぁ、ぁあああぁぁッ、圭斗くんのおち×ちん、またもらえた……ぁはあぁぁッ、私、ママなのに、息子のおち×ちんでこんなによがっちゃって……いはあぁぁ、でも、もう圭斗くんのおち×ちんなしでは、生きていけないのぉ、ぁはあぁぁッ」

圭斗を受けいれて、梨桜菜の張り詰めていた理性は緩み、けだものめいたメスの性欲を露出させてしまう。

腰を激しく自ら前後させて、膣奥で圭斗を感じ、乱れ喘ぐ。口の端からはだらだらとよだれを垂らして、端正な表情を蕩けさせる。

「梨桜菜さん、乱れすぎだよ。ボクの母親なのに、そんなに色狂いでいいの？」

「もう、圭斗くんの意地悪……いつもはちゃんと母親だから、ぁはあぁぁ、あ――ッ、おち×ちんされてるときは、女にさせてぇ、ぁはんんッ……」

圭斗の指摘が返って真面目な梨桜菜を興奮させるのか、一度崩れて、堕ちた梨桜菜は押し隠していた娼性を露にし、悶える。

ぎりぎりまで梨桜菜を責めたて、イキかかったところで屹立を引き抜く。

「……ぁぁ……ぁぁぁ……圭斗くん、もう終わりなの……まだしたいのに……」

梨桜菜は名残惜しげにヒップを震わせる。

「あやめさんも、待ってるからね」

続いて圭斗はあやめの尻たぶをしっかり摑んで、秘壺を犯す。

「ぁ……圭斗くん……待ったわよッ……んぅぅぅぅ……大きくて……長い……奥まで当たって……」

ゆっくりと味わうように圭斗はあやめの膣を貫いていく。内奥まで差し入れると、じらすようにゆっくりと動かした。

もっとも年上のあやめは余裕を持って圭斗との交わりを楽しむ。けれど圭斗が抽送を激しくしはじめると、溢れだす悦楽の奔流を受けとめきれず、頭を振り乱し、背すじをピンと反らし、身悶えする。

「あん、あん、あんんッ……そんなにしたら、私っ、抑えられなくなってしまうの。自分を、ぁはあぁぁ、抑えられなくなって、ぁひぃぃぃ、いっぱい乱れてしまう、ぁはんっ、けいちゃんに、いけない女にさせられひゃうぅッ、ぃはあぁ――ッ!!」

浴槽のへりにしがみつき、後背位で欲望のままに腰を震わせ、あやめは一匹の美獣と化していた。

そんなあやめの乱れぶりに感応したかのように、梨桜菜も腰を淫靡にくゆらせつつ、自らのヴァギナをいじりはじめた。

すでにほぐれきった梨桜菜の花弁はいやらしく開いていて、自慰の指捌《さば》きが歓喜の泉を掘りつづける。

母のあやめを責めつつ、もう一人の母、梨桜菜のおねだりオナニーを楽しむ。

じゅぶじゅぶとあやめの蜜壺がシェイクされ、逆にあやめは圭斗のいきりを強く締め返してくる。

「あやめさんのおま×こはさすがだよね、一番鍛えられていて、気を抜くと出ちゃいそうだよ」

「ぁはぁぁ、けいちゃん、そんなこと言わないで……私、何人も男のヒトを知っているわけじゃないのよ、ぁはぁぁ、息子にそんなこと言われて、ママ感じて……こんなこと言われて感じてイクのはいや、いやぁぁぁ……」

「じゃあ、これぐらいで……一度止めるよッ」

圭斗はあやめの姫割れから勢いよくペニスを引き抜いた。たっぷりと絡んだ果汁が滴り落ちて、根元まで濡らす。

「……や……抜かないで……けいちゃん……ああ、意地悪ッ……めっ、しちゃうわよ……」

「だって、あやめさんが、ママが言ったんだよ。イクのはいや、って。だからママの望みどおりにしてあげたのに」

圭斗は自分の逸物に乱れ、ひれ伏す母親たちを見て、ふだん以上の自信に満ちあふれ、それが彼を変えていた。

同時に母親たちのいやらしく嬲られ、いじめられたいという思いが全身から滲むのを敏感に感じとっていた。

「圭斗くん、次は私よね……おち×ちん、くれないと承知しないわよ……」

梨桜菜は、おねだり汁を漏らした下腹部を圭斗に押しつけておねだりしてくる。

「ああ、梨桜菜さんはオナニーしながら、ボクのおち×ちんを待ってたんだよね。いやらしすぎるよ。ママなのに、メス犬みたいにおち×ちんおねだりして……最低のビッチだよね……」

「圭斗くん……ちょっと、言いすぎよ……ああ……でも、ビッチでもいいの。して……おち×ちんをほしがっちゃう、だめなママにいっぱいして……」

梨桜菜は高く張った尻たぶを突きだしておねだりし、牡槍をその淫裂で呑みこんでいく。

「ぁはっ、ぁはあぁぁぁ、圭斗くん、やっと来たの……んぅう、んぅうぅぅッ……ねえ、圭斗くん……ほら、ビッチなママをたくさんお仕置きして、おち×ちんで貫いてッ……」

「いいよ、ビッチなママ、最低だけど、最高だよ」

圭斗は腰を揺すって、梨桜菜の膣口を浅くじらすように責めた。

じらし責めに物足りなさを感じたのか、梨桜菜は尻たぶを震わせ、腰を圭斗に押しつけて、深々といきりを膣奥に咥えこむ。

「けいちゃん……私も、して。途中でやめちゃうなんて、だめよ……んふぅぅッ」

たまらなくなったあやめがセックスのおねだりとばかりに、尻丘を擦りつけてくる。

「もちろん、いいよ。こっちで気持ちよくしてあげるよ」

圭斗はあやめのおねだりを受けいれ、左の手で秘裂をまさぐって、愛してやる。二本指を膣奥まで挿入し、感じやすい箇所を押し、擦り、引っかいて刺激する。

じゅぶじゅぶといやらしい粘音をさせて、あやめの花弁は多量の蜜を溢れさせる。

イキそうなところを寸止めされていたあやめは、たちまちのうちに昂り、ひいひいと淫らな喘ぎ声をあげる。

梨桜菜の腰づかいも、あやめに感化されていっそう激しいものになり、腰同士の打ちつけあう軽快な音が響いた。

あやめや梨桜菜の膣口は指やペニスで擦られて淫靡に泡立ち、噎せかえるようなメスの芳香があたりを満たした。

「ぁはぁぁ、けいちゃん、ママっ、もうらめ、らめぇぇッ、けいちゃんに気持ちよくさせられひゃううぅ……ぁあぁぁッ……」

「んぅぅ、ぁふぅぅッ、圭斗くんのおち×ちん、もっと、もっともっとッ、内臓が揺さぶられるみたいに響いて、子宮にクルっ、んんんッ、いひぃぃッ、子宮イイッ、ぃひぁあぁぁッ……」

性欲の発露のままに尻を圭斗へ絡め、二人の母親は乱れる。圭斗の手によって女の悦びを完全開花させられ、母親からメスへ堕とされていた。

ふだんは貞淑な母親が自分の手で性欲の権化《ごんげ》となることに、言いようのない昂りを感じていた。

「二人とも、そろそろだよね。ほら、イッてもいいよ。息子の手で、はしたなくイカされて、そのアクメ顔を見せてよ」

圭斗は両手を激しく動かし、左のあやめを責める。同時に腰を突きあげて、梨桜菜の子宮をガン突きした。

「ぁぁ……ぁはあぁぁッ、けいちゃんに、ああッ、よくさせられちゃうッ、ママなのによくなっちゃうの……ぁはあぁぁ、ああッ……あ——ッ……」

「圭斗くん、んぅぅぅ、やはぁぁッ……おち×ちんッ子宮に響きすぎてぇ、クルッ、キちゃうぅぅ……んぅぅぅッ……ぅぅ、ぅぅぅッ……ぃはぁぁ——ッ……」

あやめと梨桜菜。二人の嬌声が重なり、同時に絶頂する。

圭斗は左手であやめのおま×この吸いつくような締まりを感じつつ、梨桜菜の内奥へ快美の焔《ほのお》を注ぎいれるのだった。

絶頂にあやめは崩れおち、湯船に半身を沈めつつ、全身を震わせて、達した余韻に浸る。陶酔感に満ちた表情が至悦の深さを物語っていた。

梨桜菜の中に放出された精液は子宮に流れこむとともに、逆流して結合部を濡らす。

「圭斗くん……お腹いっぱいで、あぁッ……もう、幸せすぎ……」

梨桜菜は熱と質量で温かく張ってくる下腹部を撫でさすりつつ、生尻を振り、さらなる精を内奥で飲みほそうとする。

「んぅぅ、ぁぁ、ママ、全部出すよッ……」

圭斗は腰を小刻みに使い、貯まった白濁液をすべて吐きだして、梨桜菜に種付けする。

「出る……まだ出よ……ぁぁ、ママのおま×この締めつけがすごくて、射精が止まらないよ……んぅぅッ……」

「ぁんッ……圭斗くんの精液、まだ流れこんできて、すごい……ぁはぁぁッ……」

梨桜菜はヒップを高く突きだした動物みたいなスタイルのまま、背すじを伸ばしきり、頤《おとがい》を大きく反らして、喘ぎ悶える。

そうして圭斗の炎熱で子宮を焼かれるたびに、ビクンビクンと、艶めかしく裸身を跳ねさせて、子宮アクメを身をもって示す。

「ママ……最高だよ……」

圭斗は梨桜菜の背中に抱きつき、挿入したままで二人一体となって湯船に崩れる。

温かな湯に包まれながら、再度、子宮に精を放つ。

「圭斗くん……ぁぁ……また大きくなって……もう、仕方ない子なんだから……」

梨桜菜は力尽きそうになった圭斗を柔らかな腕で抱きとめる。

二人の母親と圭斗は、それからも温泉で休み、復活するたびに獣のように交わり、精根の尽きはてるまで淫らな交わりを繰りかえすのだった。

＊

翌朝、ベッドであやめと梨桜菜がまだぐったりとなっているところを、圭斗はそっと抜けだし、部屋付きの露天風呂へ入る。

お風呂でして、ベッドでして、気づくと三人ともぐったりとなっていた。

昨日の激しい交わりを、母親の甘い吐息や喘ぎ、獣じみた嬌声を思いだし、日頃のきちんとした振る舞いとの落差に圭斗はいつもながら驚いてしまう。

――大人の女のヒトって、あんなに変わっちゃうんだ……すごい……。

温泉に浸かりながらも、頭は桃色のもやがかかったような感じのままだ。露天風呂からは綺麗な湖と、湖畔の景色が一望でき、圭斗はぼんやりとそれを眺めていた。

「おはよう、けいちゃん」

そう声をかけて、露天風呂に入ってきたのはあやめだ。

「お邪魔するわね」

あやめは圭斗に熟れきった豊満な肢体を見せつけるように、タオルもなしにお湯に浸かる。朝の光に照らされた裸身は健康的で、甘く柔和なあやめらしい癒やしの雰囲気が伝わってくる。

昨日の夜と同じ圭斗の左脇に座った。圭斗のペニスは緊張しつつ、軽くそそり立つ。

「昨日はお疲れ様。本当に凄かったわよ」

「その、やりすぎちゃったかなって……」

遠い目をしながら、微笑むあやめに、圭斗は同意の言葉ぐらいしか返せない。

「そんなことないわよ。ママもね、けだものみたいに、乱れたいことだってあるのよ。梨桜菜さんも同じだと思うのよ……」

「そうだね……」

昨日の昂った状態と、朝の冷たい空気に頭の冴えている今とでは、何かもかもが違っていて、圭斗は照れくささが先立ってしまう。

「帰って少ししたら、検査の結果が出ちゃうのよね。誰がけいちゃんの母親か、っていうあのお話の……」

「うん。はっきりするよね……」

施設の先生の話ではあと数日もすれば、その結果が返ってくる。

「私はね、結果がどうあれ、ずっとけいちゃんのママでいたいなあ、って思うのよ」

あやめは柔らかな肌を圭斗に密着させつつ、そう呟く。

「んふふ、な〜んて、そんなのおばさんの自分勝手な願望よね……けいちゃんがはっきりさせたいんだったら仕方ないものね……」

そう言われて、圭斗は自分がどうしたいのか、どうすべきなのか考えあぐねた。結果が出てしまったうえで、あやめや梨桜菜の思いに甘えてもいいのか。

圭斗の憂鬱な気持ちが伝わったのか、あやめは圭斗をぎゅっと抱きしめる。

「ほら、けいちゃん。元気、元気っ。もうしょげてても仕方ないじゃないの」

「うん、ごめん……」

抱きしめてくれたあやめの腕や乳房は当然のごとくやわらかくて、心地よかった。無意識のうちに圭斗はそのぬくもりに甘えてしまう。

「私から、お願いがあるんのだけど……」

「え、お願いって……？」

「あのね、こうやってっ……けいちゃんに私も甘えさせてほしいの、んッ」

身体の大きなあやめが、圭斗に猫のようにじゃれついてくる。湯面が波立ち、あやめのふにふにした頬が肩口に押しつけられた。

「けいちゃん、本当に大きくなったよね……生まれたばかりのときは、小さくって泣いてるだけだったのに。ママがこうやってもたれても、しっかり受けとめてくれるまでになっちゃって……」

あやめは目を閉じたまま、じっと圭斗に肌を寄せる。

落ち着いた大人で包容力溢れるあやめだったが、そのときだけはまるで年下の少女のようで、圭斗はあやめの髪を撫で、落ち着かせるように横顔にキスを繰りかえした。

「ごめんね、けいちゃん……もう少しだけね……けいちゃんが私の子供でも、そうでなくても、けいちゃんはけいちゃんだから……」

圭斗が母親をずっと求めていたように、あやめや梨桜菜も失った我が子をどこかで請い求めていたのだと、今さらながら思い至るのだった。

「ボクもママにいっぱい甘えたんだから、ママも、甘えてよ。好き、大好きだよママ……」

圭斗は身の引き締まる思いで、あやめをしっかりと受けとめ、強く抱擁するのだった。

＊

楽しかった温泉旅行も終わり、帰りの電車の中で一人、圭斗は車窓に映る景色をぼんやり眺めていた。目の前ではあやめが、旅館で撮った写真をわいわい話しながら確認しているようだった。

目の前を流れていく田園風景を見ながら、いくつかのトンネルを抜け、次第に景色が街へと変わっていく。

脇に座った梨桜菜がそっと話しかけてくる。

「圭斗くん、元気ないわね」

「え、ああ、そんなことないよ……」

ついそう言い繕ってしまうものの、梨桜菜の指摘に改めて自分が落ちこんでいることを思い知らされてしまう。

「圭斗くんのママがどちらになっても、今生《こんじょう》の別れになるわけじゃないし、たまには遊びに来るわよ。私も、あやめさんも同じじゃない……」

「本当に？」

たまには遊びに来る。そう言われて、圭斗は自分が思った以上に安心しているのを感じていた。

「もちろんよ、何、心配してるのよ。それとも私が嫌い？　顔も見たくない？」

「そんなことないよ。みんな大好きだよ……」

「そうね……そう言うと思った……」

梨桜菜はそれきり黙ってしまう。圭斗を心配する気持ちが痛いほど伝わってきて、ありがたかった。

しかし、圭斗の憂鬱な気持ちは晴れない。

出た結果次第で、今の楽しい暮らしも、関係も何もかもが変わる。

それが恐ろしかった。

旅館であれだけの乱痴気騒ぎをした昨日のことさえ、まるで夢のようで、圭斗は周りにわからないように、こっそりと溜め息をついた。

「圭斗くん、溜め息はだめ……幸せが逃げていっちゃうよ……」

脇で梨桜菜がそうこっそり呟いた瞬間、列車は最後のトンネルに入った。

ここを抜ければ、圭斗たちの住む街まですぐだった。

# エピローグ

いつもは賑やかな夜の食卓だが、その日は重苦しい静寂に包まれていた。

リビングの食卓テーブルには一通の封筒が置かれている。

そのテーブルを食事のときと同じように、圭斗、あやめ、梨桜菜の三人が椅子に座って囲んでいた。

封筒の差出人は遺伝子の検査会社で、施設長の話していた検査の結果が返ってきたのだ。

厳重に封緘《ふうかん》され、書留で送られてきた書類は、二人の母親の誰が圭斗の実母かという端的な事実が示されていることは疑いなかった。

三人とも椅子に座ったままで、無言の時間が続く。

「ほら、けいちゃん、開けてみてよ」

「……う、うん……」

あやめに促《うなが》され、返事はするものの、手は動かない。

「圭斗くん、知りたかったことが書いてあるのよ」

「そうだけど……」

事実がわかってしまえば、最後、この三人の関係は崩れてしまうだろう。

一人一人が、圭斗にとって大切な母親であり、恋人になっていた。

二人の母親の間にも、自分だけが圭斗を独占しても、という空気がこの一カ月超の共同生活の中で生まれていた。

独り身だった彼女たちにとって、他の母親や圭斗との暮らしは楽しく、互いに離れがたい関係になりつつあった。

「でも、開けちゃったら……みんな、いっしょには暮らせなくなっちゃうかもね」

今まで黙りこんでいた、梨桜菜がぽつりと呟く。気持ちが自然に言葉になったのだろう。彼女は封筒をただぼんやりと見つめていた。

「そうねえ……そうなっちゃうかもしれないわねえ……私はせっかくだからみんなにはウチにいてほしいけれど……」

「血のつながりのあるなしがはっきりして……それにいい意味でも悪い意味でも、縛られてしまうから……このままでは、いられないわね……」

再び沈黙が支配する。

「ほら、圭斗くん……」

「……うん……」

梨桜菜は圭斗を元気づけるように柔らかな微笑みを見せる。あやめも穏やかな表情で圭斗を見守っていた。

圭斗は二人の顔を、順番に見て、少し考える。

それで気持ちが決まった。

「あやめさんも、梨桜菜さんも、ボクにとっては大事なママなんだ。どちらかだけになっちゃうなんて、イヤだよ」

圭斗は自分の気持ちを正直に口にする。

「だから、中は開けないし、見ない」

それが圭斗の出した結論だ。

二人の母親はびっくりしたような顔をして、お互いの顔を見た。

「圭斗くん……いいの？　本当は誰が母親か知りたかったんじゃないの？」

梨桜菜が神妙な面持ちで聞いてくる。

「……でも、どちらかが本当の母親だったとしても、今のボクにとっては二人とも本当の母親なんだよ」

圭斗は二人の顔をしっかりと正面から見据える。

「ボクは、あやめさん、梨桜菜さん。二人といっしょにいたいんだ」

口にした言葉はまるで告白そのもので、二人の母親は不意を打たれたみたいに固まってしまう。

ややあって、口を開いたのはあやめだ。

「けいちゃん……本当に、自分勝手さんなんだから……」

あやめはめずらしく拗ねたように、口を尖らせる。

「ボクといっしょに住むのいや？」

「……もちろん、いやじゃないわよ……私もけいちゃんとこのままずっと住めるなんて、うれしいもの……これからも、お願いね」

はにかみながら、あやめは口元をほころばせた。

「梨桜菜さんは？」

「もちろん、ママとして、こ、恋人としても、これからもよろしくね、圭斗くん」

かすかに頬を赤くしつつ、梨桜菜は一瞬、脇へ視線を逸らす。

「でも、あやめさんもいっしょか……ますます頑張らないといけないわねえ。本当に圭斗くん、悪い子に育っちゃったわねえ」

それから圭斗を揶揄するように、軽く睨んだ。

「わがままばかり、ごめんね……」

圭斗が申し訳なさそうに、じっと梨桜菜を見つめる。

「そういうところが悪い子なのよねえ、そんな顔されたらどんなことでも許しちゃうじゃない……もう、自覚がないんだから」

梨桜菜は困ったように肩をすくめる。

それから彼女はすっと立ちあがると、検査の結果の入った封筒に手を伸ばした。

「じゃあ、圭斗くん、これは私が処分しておくわね。中も見ない、それでいいわね？」

そう念を押す。

「うん。お願い」

圭斗は迷いなく、そう言い切った。

やがて二人に笑顔が戻り、興奮からか言葉数が多くなっていく。その様子を見て、圭斗は中を見なくてよかった、と思う。

「でも、安心したら、すごくむらむらしてきちゃった。んふふ、けいちゃん、今日はママのベッドで、いっぱいあまあまエッチしましょうね」

「ちょっと、あやめさん、抜け駆けはだめよ。今日は私がいっぱい可愛がってあげるわよ、圭斗くん」

あやめに梨桜菜、二人のママの爆乳に押し迫られつつ、圭斗は少し困ってしまう。

「ちょっと待ってよ。ボクの身体は一つなんだから、二人別々になんてムリだよ。温泉のときみたいに、みんなで仲よくいっしょにね」

二人の母親と、二人の恋人。それを同時に持つことなるのだと、圭斗は改めて自覚する。

「部屋はボクの部屋でいいよね」

真の母親は誰か、という事実はどうあれ、決めたのは圭斗自身だ。

「あやめさん、梨桜菜さん、二人ともいっぱいエッチなことしてあげるから。いっしょに気持ちよくなろっ」

二人を力の限り愛する、そう圭斗は幼いながらに決めたのだった。

*

圭斗は二人の母親と甘く蕩けきった日々を過ごした。そして、あやめと梨桜菜は圭斗の子供を孕《はら》んだ。

圭斗は求められるまま、中出しし、彼もそれを望んでいた。

そうして腹ボテの妊娠ママ二人を前にして、今日も圭斗は愛に励むのだった。

「けいちゃん、ほらぁ、いらっしゃい。ママとあまあましましょうね」

「こっちへいらっしゃい。私も圭斗くんをいっぱい愛してあげるから」

いつもながらの中毒を起こしそうな甘さで迫るあやめに、恥じらいを見せつつも母の甘い義務を懸命に果たそうとする梨桜菜。

すでにあやめと梨桜菜のお腹は大きな丸みを描き、命の宿りを感じさせた。

圭斗を求めつつ手を伸ばし、もう一方の手は優しく自らの腹を撫でる。膨らみきった下腹部を甘やかに撫でる様は神々《こうごう》しいほどの慈愛に満ちていた。

迷った圭斗は二人の間に割りこむようにして、ベッドへ飛びこんだ。

ベッドで仰向けに寝転んだ圭斗は、二人のママの弾むような柔肉の感触を楽しむ。

乳房が甘えるように擦りつけられ、懐かしい乳の甘さが鼻孔を刺激する。

「けいちゃん、こっちよ、ママのおっぱい、吸ってほしいの」

「圭斗くん、ほら、私のおっぱいも吸って。中からきつく張り詰めて、切ないの。ぁぁ、ぁはぁぁ……」

二人の母親は圭斗の両サイドから、甘く囁き、耳元にキスする。

あやめの唇が左耳に触れたかと思うと、甘いシャンプーの匂いとともに髪が圭斗の頬をくすぐる。そして同時に梨桜菜の囁きとキス、柔らかな頬が甘えるように擦りあてられる。

「……お願い、けいちゃん、こっちよ……」

「……じらさないで……圭斗くん、最初はこっちよね……」

おねだりの囁きに応えるように圭斗は左のあやめの乳房にキスしつつ、右の梨桜菜の整った繁みを甘く撫であげ、秘鞘を突く。

「ぁん、けいちゃん、ぁふ……」

「……ひっ……ぁんッ、圭斗くん、もっと、して……」

そうして今度は右を向き、梨桜菜の乳房をしゃぶり、吸いつつ、あやめのやわらかな秘園の淡いけぶりを指先で梳《す》く。

「ぁぁ……じらしすぎよぉ……んんッ」

「圭斗くぅん、ぁは、ぁぁッ、おっぱい吸って、ぁひぃぃ、妊娠して、私もお乳が出るようになったのよ。あやめさんみたいに、圭斗くんに飲んでもらえるの……ぁはぁあ……ぁん、んくふぅ……ッ……」

梨桜菜はたまらなさそうに圭斗の太腿に自らの朱濡れを擦りつけながら、身体を起こして仰向けの圭斗の口へ乳房を押しつけ、授乳をせがむ。

その乳房は母乳で内側からはち切れんばかりに膨らんでいて、梨桜菜が自ら乳房を両手で搾ると、先端から瑞々しい乳汁が滴り、圭斗の口を濡らす。

「飲んで。そうよ、ぁはぁぁ……圭斗くんに、おっぱい飲んでほしいの……」

押しあてられた乳球からも蜜が溢れ、圭斗は零れんばかりのミルクを啜り飲み、嚥《えん》下《げ》する。

「ぁ、ぁあぁぁ、圭斗くん、おっぱい飲んでくれて、うれしい……ぁはぁぁ、もっと、いっぱい飲んで、搾って、飲み尽くして……これは圭斗くんのぶんのおっぱいなのよ……ぁぁ、ぁはぁぁぁッ……」

梨桜菜は昂《たかぶ》りのままに胸乳を圭斗へ迫《せ》りださせ、授乳の歓喜に震える。

「けいちゃん、私のおっぱいも、ほら、飲んで……今までよりも濃くて甘い、妊娠母乳よ。ああ、けいちゃんにいっぱい飲んでほしいの」

あやめも梨桜菜同様に身体を起こして、その潤んだ股の付け根を圭斗の腿に擦りつけ、淫らな悦びを感じつつ、乳房を差しだす。

二人の母親の秘部を擦りつけられ、やわらかく盛りあがった孕み腹に密着される。

同時にミルクでぱんぱんに張った四つの乳房で顔や首筋までが塞がれ、溢れる乳の滝が口腔に注がれていく。

張った乳房があまりに切ないのか自ら乳塊を揉みこね、二人とも喘ぎとともに乳汁を溢れさせる。

「もっと、もっと吸って、ママのおっぱい、お乳が溜まって苦しいの。ああ……けいちゃんにもっと飲んでほしいの、ぁはあぁぁッ、ぃひぃぃ、ぃひぃぃッ」

圭斗はあやめのおねだりのままにジューシーな乳先にしゃぶりつき、根元から双乳を揉み、搾る。少し力を加えるだけで、母乳が河となって溢れ、喉を潤す。

「……圭斗くん、こっちもお願い。ぁはぁぁ、おっぱい溜まって、切ないの……もっと搾って、飲んでッ……ぁはぁぁ、ぁぁぁッ……くひぃ、ぅぅ……んくぅッ……」

母乳体質ではない梨桜菜もあやめと同じで、妊娠のため乳腺に乳をたっぷり孕み、少しの搾乳でホルスタインのように甘美なミルクを噴きださせた。

「うん、吸うよ。あやめさんのおっぱいも、梨桜菜さんのおっぱいも、ママのおっぱいは全部、ボクのものだよ。子供が生まれるまで、たくさん吸ってあげるからね」

圭斗は指先を潜りこませんばかりにあやめの双乳を揉みしだき、濃いミルクを吸いたてる。そのまま喉にあやめの乳を残したまま、梨桜菜の乳先をしゃぶり、吸い、同時に乳根を搾って、滴る母乳をいやらしい音を立ててバキュームしつづける。

あやめのおっぱいは相変わらず濃厚でとろみのある味わいで、梨桜菜のそれは爽やかな喉越しのフルーティな果汁を思わせる甘蜜だ。

同じママでもこれだけの違いに感心し、そして二人のままの母乳を飲み比べることのできる幸せを噛みしめつつ、母乳に酔いつづけた。

「けいちゃん、激しい……ママのおっぱいをたくさん吸って、飲んでくれて、幸せ……ああ、私、ママとしての幸せを感じて……るの……」

「んぅう、ぁはぁぁ、おっぱいを吸われるのが、こんなにいやらしくされるのが、こんなにうれしいなんて、私も思わなかったわよ……ああ、圭斗くん、ママのおっぱい、もっといっぱい吸って、ぁはぁぁ、大きくなった我が息子に、おっぱい吸われて、たまらない……ッ……」

圭斗は交互に押しつけられる、あやめと梨桜菜の乳房を必死に吸いたてる。膨らみの根元からしごきあげ、溢れる乳果汁を搾り飲む。

「あやめママのおっぱいも、梨桜菜ママのおっぱいも、全部飲んであげる。ああ、甘くて、美味しい。これがママの母乳の味なんだ、んぅぅ、んちゅッ、んぅぅッ……」

幼い頃の喪失を取り戻すかのように、圭斗は必死に母の乳房を求め、柔らかさと蜜にまみれた。

濃厚なミルクの香りが肺を満たし、甘美なとろみが舌を楽しませる。

頭の芯までママに満ちた気持ちで蕩けさせられ、陶酔感の中、圭斗は母乳の悦びに魅入られ、引きずりこまれていく。

これ以上にないほどの母の甘さに包まれ、圭斗の剛直は大きく膨らみ、そり返るように弧を描いた。

あやめも梨桜菜も、爆乳を蹂躙される喜悦に浸りながら、必死に甘え、すがる圭斗を愛おしく見つめる。そうして、勃起した彼の逸物に気づくと、授乳しつつ、同時に手指を絡めて、しごきはじめた。

「けいちゃん、おち×ちん、こんなにおっきくしてしまって。本当に、めっ、ね。んふふ、ああ、でも大きくそって、逞しさが手から伝わってきて、素敵……」

「圭斗くんのおち×ちん、もっと気持ちよくしてあげるわね、ほら、ママのお乳を吸いながら、いっぱい射精しなさいね」

「あうッ、ママたちの手が絡んで、はひぃぃ、爪が擦れて、いぃ。ああ、出そうよッ」

圭斗は母親の発達しきった四つの乳風船に押しこめられ、甘やかにプレスされつつ、手コキされつづける。

あやめのしなやかな手指の先はピンクにラメの散ったあでやかなネイルが施されていて、それがシャフトを摘まみ、しごきあげる。

雁首のエラにピンクの爪が擦れて、愉悦が下腹部で弾ける。

そのまま亀頭を爪で擦られ、指の腹で甘やかに撫でられ、カウパーが溢れだす。乳房に顔を覆われながらも、圭斗は腰を跳ねさせてしまう。

同時に梨桜菜の指が圭斗のふぐりを握り、優しく撫で、揉んでくれる。

精嚢に沈みこむ梨桜菜の爪先は、上品でシンプルなパールのネイルジェルで仕上げられている。その落ちつきつつも色気に溢れた手指が柔らかな巾着《きんちゃく》を揉みこみ、根元を愛撫していく。

梨桜菜の指先が袋に絡み、かすかに引き延ばされる。そうして引っかかった指先が外れて、袋が元に戻ると、甘やかな悦楽が下腹部に溢れる。ふぐりを赤子のように甘くあやされ、弄《もてあそ》ばれ、圭斗の射精感を一気に引きあげられる。

「けいちゃん、おち×ちんビクつかせて、射精しちゃうの？　いいのよ、ほら、ママの手でイッても」

「そうよ、圭斗くん。もっとおち×ちんの根元を揉みもみして、いっぱい出させてあげるわね。ああ、圭斗くん、気持ちよくなって」

母親の乳房に耽溺しつつ、性器周りを撫でまわされる快感に圭斗は陶然となってしまう。

「うう、おっぱい吸いながら、はひ、はひっ……手コキで出しひゃうぅッ……ぅぅッ」

もごもごと口を動かし溢れるミルクを飲みつつ、腰を揺すり、ママたちの妖しく蠢く手指を求めつづけた。

いつの間にか二人の母親の手が重なりあい、その位置がバトンタッチする。梨桜菜は屹立の先を撫でまわし、あやめは根元からのぶら下がりを愛でていく。

梨桜菜の爪先が亀頭を撫で、触り、指先で作った輪っかで敏感なエラを何度も擦りあげる。同時にあやめの手指が巾着を揉み、撫であげる。

睾丸が指の腹で甘く転がされ、声にならない喘ぎを圭斗は漏らす。今までに味わったことのない玉責めに、勃起はさらに長大さを増した。

ビクつき射精寸前のペニスを二人の母親のしなやかな手指が妖しく絡み、巻きついて刺激する。

そうしてまるでタイミングを計ったかのように、動きが激しく淫靡になり、爪の先で何度も裏筋やエラ、ふぐりを連続的に責められ、ついに射精の導火線に火が点《つ》く。

「うぅッ、出す、出すよッ。もうッ、ボク、ママたちの手の中に、いっぱい出すッ！」

圭斗は精嚢の引き攣りに呻き、そのまま多量の白濁をママの手の中へ放った。

「ああ、ママ。あやめさん、梨桜菜さん、出てるのに、射精してるのに、手でしこしこして、ぁひぃぃ、ああ、うううッ」

射精で拍動するペニスをあやめと梨桜菜の手指が擦り、撫で、くすぐって、さらなる吐精を促してくる。

背すじを貫く搾精の快美に身をまかせつつ、精粘液を溢れさせつづける。

あやめの指にも、梨桜菜の指にもべっとりとザーメンがまとわりついて、淫靡に糸を引く。

二人のママは指先の汚れを気にせずに、いやむしろもっと汚してほしいとばかりに、射精するペニスを愛しつづけ、溜まった精を吐きださせてくれる。

「はぁ、はぁッ……出ちゃったよ、全部出しちゃったよ、ママ。気持ちよかった……ありがとう……」

「そう、んふふ、どういたしまして。お射精でお礼を言われちゃうの初めてね」

「喜んでもらえたのなら、それでいいのよ。それにしても出しすぎよ、圭斗くん。指が股のあたりまでべちゃべちゃで、ぁんっ、これなら妊娠させられちゃったのも納得よねえ」

圭斗を射精させたうれしさで、二人の母親の蕩け陶酔しきった顔に喜びの表情が浮かんだ。ただ、それであやめや梨桜菜が満足することはない。

梨桜菜は乳房を吸われ、上半身を震わせつつ、

「でも、これで終わっちゃうのはなしね。私たちも、圭斗くんに気持ちよくしてもらわないとね」

甘い囁きとともに、やわらかくなったペニスに再び硬さと大きさを取り戻させようと、巧みな指捌《さば》きで応援する。

あやめも手指を使って、圭斗の怒張をすぐにでも立て直そうと、ネイルで彩られた指先をペニスの胴に絡みつかせてくる。

パールとラメピンクに色づいた二人のママの指が交互に絡み、圭斗を奮い立たせる。

「本当よ、けいちゃんのおち×ちん、ママにいっぱいちょうだいね。梨桜菜さんはそのあとでいいわよね、んふふ」

「あ、ダメよ。私が先。いつもあやめさん、抜け駆けして、ひどいわねえ。ね、圭斗くんもそう思わない？」

「わ、わかんないよ、ボク……そういう難しいところは……」

どちらかに与《くみ》するとあとでややこしくなるため、圭斗は努めて中立公正を崩さない。それが二人のママと暮らす鉄則だと最近、わかりはじめてきた。

「もう、圭斗くんったら、ごまかして……あんなに素直だったのに、日に日にずる賢くなっちゃうんだから……ああ、でも、圭斗くんが、大きく成長していくの好き、もっとたくましくなって、もっと理想の男になって……」

「梨桜菜さん、不純ねえ。私はママだもの、ありのままのけいちゃんをいっぱい愛してあげるわね。でも、可愛いけいちゃんが大人になっちゃうの、うれしいような、寂しいような複雑な感じよね……」

二人の母親は互いに勝手なことを息子に言いつつ、手でそのペニスをエレクトさせていく。弾むような手の動きに屹立は次第に上向き、再び臨戦態勢を取り戻した。

「ああ、ママ、ママ。あやめママに、梨桜菜ママ。もう大丈夫だよ、いけるから。二人のおま×こといっしょに気持ちよくなれるよ」

圭斗は押しつけられる乳房をかいくぐるようにして、身体を起こすと、そのまま仰向けになった二人の母親に向き直る。

あやめも梨桜菜も、性の悦楽に昂り、蕩けきった表情を圭斗へ向ける。

そのまま彼のほうへM字開脚でおま×こを晒し、挿入を求めた。

幾度となく繰りかえされた母子のセックスで、ママたちがオチ×ポをおねだりするときの定番スタイルだ。

「ねえ、お願いよ、けいちゃん。おち×ちん、入れて……ああ、早くしてくれないと、切なくって、ママ、けいちゃんに、いっぱい、めっ、なんだからぁ……」

甘えるような目つきで、あやめはおねだりする。

ぽってりと厚く膨らんだ秘唇は大きく口を開け、いやらしい果汁を溢れさせて、正しいおねだりスタイルを取る。

「圭斗くん、こら、こっちを見なさい。早く入れて、お願い。入れてくれないと承知しないわよ、ママの言うことを聞くのがいいコでしょ。圭斗くんはいいコなんだから……だから、お願い……して……」

梨桜菜らしい高圧的な口調のおねだりだが、両腿を割り開き、潤みきったラビアを天井へ向けてのおねだりスタイルでは高圧さがかえって滑稽だ。

梨桜菜の表情は甘く緩み、熱い吐息を間断なく漏らして、最後にはおま×こを晒し懇願する、奴隷のおねだりスタイルに堕していた。

「どうしようか、迷っちゃうよ。う〜ん」

わざとらしく挿入までの時間を圭斗は引き延ばす。

いやらしい両ママのまんぐり返しは圭斗の征服欲を満足させ、同時にママたちの被虐的な悦びもかき立てていく。

屹立にはカウパーが滲み、竿を伝う。圭斗は挿入したい気持ちをぐっと堪《こら》え、二人の母親のはしたないビッチ姿を堪能した。

貞淑で、優しく知性溢れる母親が圭斗にだけ見せる浅ましいメスの本性だ。

「けいちゃん……意地悪は、めっ、よ。ああ、あはぁ、もうだめ、私っ、我慢できないの……」

あやめは圭斗を恨めしげに見て頬を紅潮させ、自ら秘部を慰めはじめる。開脚の姿勢を取ったまま、蜜で黒光りした湿原をかき分けて、姫孔の奥へ指先を躍らせていく。ちゅぷちゅぷとイヤらしい液が溢れて、滴り、シーツを濡らした。

「あ〜あ、あやめさんは我慢できなかったみたいだね。梨桜菜さんはどう？　いつも厳しい梨桜菜さんなら、大丈夫だよね」

「うう、圭斗くん、もう、こんなの女に我慢できるわけがないって、知ってるでしょう。ああ、私も屈してしまう。ぁはぁぁ、ほら、見て、圭斗くん……ママのオナニー、はしたなく、あそこをまさぐって、ママが気持ちよくなってしまうのを見てぇぇッ……」

梨桜菜は圭斗から顔を背け、耳まで真っ赤にして、自身の淫裂をまさぐりはじめた。恥じらいに裸身を震わせつつも、秘部の奥まで指を潜りこませては引き抜きを繰りかえす。手入れされたパールカラーの指先が、おま×こを犯し、内奥を攪拌《かくはん》していく。

「すごいよ、ママに、ママっ。ああ、本当にこんなイヤらしくて、ビッチなヒトがボクのママなんだね。うれしい」

目の前で繰り広げられる、あやめと梨桜菜、二人のオナニー協奏曲、その淫猥さに息を飲んでしまう。

「息子の前なのに、オナニーでおねだり競争しちゃうなんて、ありえないよ。どうしようかな、どっちにしようかな」

圭斗に煽られるようにして、二人の美熟女の自慰行為は熾烈を極めていく。溢れた蜜で複数の指がいやらしくおま×こを出入りし、クリトリスを擦りあげる。

互いのシーツの下は愛液の海となり、メスの香りが部屋を満たしていた。

圭斗が見守るなか、二人の自慰は最高潮に達し、額から汗を滲ませ、悩ましい表情ともに喜悦の階段を昇りつめてしまう。

「もう、けいちゃん、今日は意地悪がすぎるわよ……ぁあああぁ、ママ、いくっ、いくぅぅ……イッてしまうぅぅッ、けいちゃんに見られながら、ああああッ……」

「あやめさんもなの、ぁああぁぁ……もう、圭斗くんのバカ、バカぁぁぁッ、く、くるっ、私も気持ちいいのがきて、ぁはあぁんッ、きひゃぅぅ、ああああッ……」

二人は圭斗に見られつつ、オナニーで息のあった同時絶頂を見せつける。同時に透明な潮が膣から吹いて、圭斗の身体を濡らす。

「……いや、いやっ、潮を吹いてしまって……ぁはあぁ、止まらないの……けいちゃんにお潮を吹くところまで見られて……恥ずかしい……うう、何もかも見られてしまって、ああ、私、どうしたら……」

絶頂と羞恥のあまり、あやめは訳のわからないことを口走ってしまう。一方の梨桜菜は初の潮吹きを圭斗に見られて、動揺を隠せないでいた。

「ああ……ああ、な、何よこれ、出る、あそこから、ぁはあぁ、蜜がいっぱい出て、ぁぁぁッ……これが潮吹きなの……私の身体こんなにエッチになってしまって……」

ぶしゅぶしゅと間歇泉《かんけつせん》のように吹く透明な蜜に、梨桜菜は戸惑い、乱れる。

母親の潮吹きに興奮して、圭斗はいきりをさらに高くそり返らせた。幹竿の勃起は下腹部を叩かんばかりの見事なものだ。

「ああ、息子の前でいやらしく潮吹きするなんて……ボクのママたち、二人とも最高だよッ。もう我慢できない」

圭斗は怒張をあやめの膣に突き入れる。すでにほぐれきったクレヴァスは圭斗を優しく受けいれてくれた。

「ぁ、ぁあんんッ……ぁはあぁぁ、圭斗くんのおち×ちんが入ってきて、はひ、はひぃいッ、気持ちいいとこ、ごしごしされて、ぁひぃい、いいのぉ……」

天井を向いた蜜壺は、まるで杯のようにラブジュースを並々とたたえていて、それが上から突きこまれた刀身に押しだされてしまう。

膣口から零れたシロップは、尻の谷間や下腹部を淫靡に濡らしていく。

「ぁあ、もっと、奥も、ぉふぅぅ、突いて、お願いよぉ、けいちゃんのおち×ちんで奥まで感じさせて……」

圭斗はあやめのおねだりにもかかわらず、奥までは挿入せずに、膣の中ほどを浅くシェイクしつづける。

そうしてあやめをたっぷりじらし、ペニスを抜いてしまう。

「……けいちゃんの意地悪……もっとママのおま×こ、いっぱいくちゅくちゅまぜまぜしてほしかったのに……めっ、めっだからぁ……」

緩みきった表情のまま、あやめは圭斗にチ×ポおねだりを訴えかける。

「ごめんね、ママ。ちょっと待ってね」

圭斗はあやめをおあずけしたまま、屹立を引き抜いた勢いで梨桜菜の膣に挿入する。

「私にも、ああ、来た。圭斗くんが来てくれたのね、ぁはぁぁッ……」

梨桜菜の蜜洞も濡れ、ほぐれきって、内壁のぬかるみとともに吸いこむように圭斗の屹立を呑みこんでしまう。

「くひ、ぃひぃぃぃ……圭斗くんのおち×ちんをお腹いっぱいに感じて、ああ、たまらない……」

切なげな表情のまま腰を淫らにくねらせて、梨桜菜は圭斗の剛直を味わいつくそうとする。浅く秘口を攪拌するペニスの動きにあわせて、腰を「の」の字に揺すり、身悶えする。

蠢動する膣ヒダの一枚一枚が圭斗の幹竿に吸いつき、ピストンの雁首を撫であげ、射精を促す。

そり返った先が、膣内の感じやすい箇所をごりごりと擦りあげ、梨桜菜は母親の体面も何もかもかなぐり捨てて乱れ、嬌声をあげる。

「圭斗くん、ああ、いいッ。おま×この一番感じやすいところ、ぁひぃぃ、擦られて、いうッ、ぁ、ぁぁ、ぁひんッ……いううぅ、ぁぁ、いい、気持ちいい、圭斗くんの息子チ×ポ、よすぎなのッ。ママのおま×このいいところ、もっと擦って、やううぅ、うぅッ、いうぅんッ……」

圭斗が牡槍を抜こうとすると、まんぐり返しのまま、尻を浮かせて、追いすがってくる。

二人の愛液でコーティングされた刀身を、あやめ、そして梨桜菜と、交互に突き、かき混ぜていく。

結合部が泡立ち、淫猥にぱっくりと開いた姫孔がヒクつく。溢れた蜜で鼠径《そけい》部の繁みが湿り、妖しく黒光りしていた。クリも鞘から顔を覗かせて、はしたなく勃起していた。

優しいママのあやめや、凛々しいママの梨桜菜が、圭斗の前でだけ見せる卑猥なメスの本性だ。

ただ性欲に衝き動かされ、浅ましく男根をおねだりするアヘ顔に圭斗の支配欲が心地良く刺激される。

「ああッ、もう終わりなの……けいちゃんのおち×ちん、ちょうだい……ぁぁ、ママにもっとしてほしいの……」

「私もよ、圭斗くん。あやめさん、ばかり、いや、いやッ。ママのおま×こも突いて、めちゃくちゃにして、Gスポットも、膣奥もいっぱいされたいの。ぁひ、ぃひぃい、くふぅ……ぅう、んふぅうッ……」

恥ずかしい痴態を息子の圭斗に晒したまま、膣を何度もピストンされ、あやめも梨桜菜もママの顔を捨てて、性欲のまま獣のように喘ぎ乱れた。

おま×こを天井へ向けたまま腰をペニスに密着させ、少しでも抽送の快感を貪《むさぼ》ろうとする。二人の母親はさながら二匹の美獣となって、身悶えしつづける。

「ああ、あはぁぁッ、もっといっぱい突いてっ、けいちゃんのオチ×ポでママを狂わせてッ……」

「私もよ、圭斗くんにいっぱい突かれたい、奥も、ガン突きして、おかしくなるぐらい感じさせてぇ、ぁはあぁぁッ……」

まんぐり返しの姿勢のままで、二人並んだ母親たち。圭斗から見れば、エロすぎる壮観な光景だったが、当人たちにとっては、おねだりしてから挿入されるまでのタイムラグがありすぎて、切なさに声をあげ、身悶えしつづける。

性の獣となった、あやめと梨桜菜は昂るままに互いに身体を寄せあい、ベッドの上でひしと抱きあう。

「けいちゃん、こうしたら、すぐにおち×ちんで、私も梨桜菜さんのおま×こも、いっぱいセックスできるわよね、ああ、お願い……」

「圭斗くん、もう、ほらぁ、して、してよ……こんなに私たちを乱れさせたのは、圭斗くんのせいなのよ。ぁはぁぁ、身体が熱くって、切なくて、オチ×ポほしいのぉ、めちゃくちゃにしてぇ……」

あやめと梨桜菜は切なさをごまかすように、どちらともなく乳房を擦りつけ、キスしあって、ごまかそうとする。

ぴちゃぴちゃとイヤらしい濡れ音とともに、色っぽい唇同士が重なり、舌が絡む。唾液を互いに啜りつつ、二人は圭斗のじらしに必死に耐えていた。

「まだだよ。もっとママたちのいやらしく、悶える姿を見ていたいもの。いつもは礼儀正しくて、きちんとしたママのエロ姿だもん、ゆっくり観察させてよ」

我が子から冷酷なおあずけをされて、二人のメスは被虐的な喜びに全身を貫かれる。

「もう、意地悪、意地悪……けいちゃんがそんないけないコだったなんて、ああ、ママ知らなかった……そんな目で、ぁはぁぁ、動物みたいに浅ましくオチ×ポをねだるママを見ないで……」

「観察なんて、いや、いやよ。ぁはあぁ、いつもは子供みたいなのに、こういうときだけ、そんなにサディスティックにママをいじめないでよ。ぁはあぁッ……」

二人とも圭斗にはしたなくチ×ポをねだる姿を見られ、激しい羞恥に襲われる。そうして火のような恥ずかしさが快楽に変換され、ますますチ×ポを求め、おねだりしてしまう。

足を半ばM字に開いたまま、孕み腹をぎゅっと押しつけあい、ほぐれきった淫裂が圭斗のほうに晒される。

秘部の重なりあった狭隘は蜜で溢れ、粘つき、もう一つのヴァギナのようになっていた。圭斗はそこにペニスの抽送を加えてやる。

ほどよいぬかるみと陰唇の吸いつきに圭斗自身はほどよい満足を覚えつつ、同時に二人の母親は膣挿入されないまま、じらされた。

じゅぷじゅぷといういやらしい粘着音が響き、噎せかえるようなメスの匂いが圭斗をさらに昂らせる。

「あやめさんも、梨桜菜さんも、ママなのに本当にいやらしくて、動物みたいだよ。抱きあったまま、おま×こを晒して、そんなにオチ×ポがほしいんだね」

「ほしいの、けいちゃんのオチ×ポ、一生のお願いだから、ちょうだい。ママをめちゃくちゃに犯してッ」

「わかってるのなら、して、してよ。圭斗くん。ああ、私、圭斗くんのオチ×ポなしではいられない女なのよ。お願いします、して、してぇぇッ」

あやめも梨桜菜も、恥も外聞も、母としての体面さえ捨てて、圭斗の怒張をねだり、求めつづけた。

「いいよ、そんなに言うなら、入れてあげるよ。順番に行くよッ」

圭斗の言葉を聞いて、必死さに歪む母たちの顔に心底、安堵の表情が浮かぶ。

ちょっとやりすぎたかなと思った圭斗だったが、執拗なじらしがあやめや梨桜菜にとって、これ以上にないセックスのスパイスになったようで、二人はけだものめいた雰囲気で、ペニスを求めた。

圭斗は横臥して抱きあった二人の片足を肩に乗せつつ、腰を押しつけ、交互に秘所を抉り抜く。

あやめを犯し、

「そうよ、ああ、けいちゃんのオチ×ポ来たのッ、いひぃぃ、ひぐ、ひぐぅぅ、奥ぅ、もっと、もっと突いて、敏感な奥をいっぱい責めてぇぇ……いうぅーッ……」

梨桜菜を犯し、

「ぁはぁぁ、圭斗くんのオチ×ポ、たまらない、いい、いぃッ。ぁひぃぃッ、子宮に響いて、ああ、赤ちゃんが起きちゃうけど、いい、いぃッ。たまらなくよすぎなのッ、あーッ……」

深々と挿入された剛直は膣奥の小部屋をめちゃくちゃに押し拡げ、妊娠で下がりつつある子宮を突きあげ、内臓を揺さぶる。

二人の母親は動物めいた牡叫びをあげ、ペニスの喜びに全身をのたうちまわらせ、四肢を妖しく痙攣させ、性の深い喜悦に耽溺する。

「ぁはぁぁ、けいちゃんのオチ×ポ、素敵よ、こんなにいいの、はじめて……妊娠して、お腹に赤ちゃんがいるからぁ、感じ方が違って、ぁはあぁ、ぁはぁぁーッ……」

「あやめさんの言うとおりかも。ぉふぅぅ、子宮が下がって、揺さぶられやすくなってて、ぃひぃぃッ、こんなッ、赤ちゃんが生まれそうなのに、感じひゃって、ああ、いけないママを許してッ、ぁおおぉぉッ……」

今までのセックスにはない妊娠交尾の愉悦が、二人のママの全身を貫き、その快美に酔い、乱れた。

あやめと梨桜菜は、圭斗のペニスがもたらす喜悦の波を全身を震わせ、膣の最奥までペニスを受けいれる。

子宮から内臓まで揺さぶられる甘い波動に脊髄までどろどろに溶かされ、赤子を孕みつつも、子宮で感じさせられていることに、さらに背徳的な悦びをかき立てられていた。

そうして感極まったまま、互いにいやらしくキスし、母乳溢れる乳房を絡めあう。

二人は上半身をミルクまみれにしながら、圭斗の名を呼び、身悶えしつづけた。

溢れる乳が、胸の豊かな膨らみを白くコーティングし、ぬるみを与えていく。

ミルクローションまみれで擦りあわされる乳房の様子はあまりに淫らで、あやめや梨桜菜が妊娠性交で感じた至悦が、乳房を絡めあう痴態に現れ出ていた。

「ああ、ママたち、すっごくいやらしいよ。ボクのおち×ちんで感じて、キスしあったり、おっぱい擦りつけて、いっぱい感じてくれてるんだね、うう、たまらなくなってきた」

興奮から精嚢の激しい引き攣りを覚える。

尿道の奥を押し拡げ、欲望の滾りが迫りあがってくるのがわかる。その熱い快美に引きずられるようにして、圭斗は激しく腰を使いつづけた。

「けいちゃん、ああ、出して。出していいのよ。ママたちの中でいっぱいお射精して気持ちよくなってね」

「そうよ、圭斗くん。遠慮はいらないわよ。出しなさい。ああ、圭斗くん、ママたちにいっぱい出してぇえッ！」

膣奥の小部屋は下がりきった子宮で小さくなり、侵入してきた圭斗の雁首をめちゃくちゃに押しつぶし、射精を促そうとする。

それは、あやめの膣奥も、梨桜菜の膣奥も同じだ。

二人のママのヴァギナの締めつけを圭斗は交互に貪りつづける。挿入と引き抜くたびに、ペニスに膣が吸いつく。幾度となく、竿の中ほどまでマグマの滾りが迫りあがってくるのを感じた。

そのつど射精欲求を押し殺し、耐える。

だが、それもついには限界を迎えた。

「あううッ、出すよ、次のママのおま×こに出すからねッ！」

圭斗は梨桜菜の膣奥でさんざんに締めつけられ、もみくちゃにされて、そう宣言する。そこから射精を必死で堪え、カウパーをだらだらあふれさせた切っ先をあやめへ挿入する。

あやめの人柄そのもののような、甘やかに包みこむ膣腔は、奥で雁首を絞りつつ、優しく精液を根元から搾りだしてくれる。

「うう、ああッ、あやめさんに、まずはこっちのママに出す、出すよっ！」

屹立の律動のままに、白濁を吐出しつづけて、膣内をどろどろに染めあげる。

「……ぁぁ……けいちゃんがたくさん……ぁふぅぅ、もっと、出して……ママにけいちゃんのぬくもりをちょうだい……」

優しさに浸りたくなりそうだったが、ママは一人ではない。梨桜菜にもたくさん、出したい気持ちが優った。

「圭斗くん、私も、ぁ……ぁはぁぁ……」

律動し、精を溢れさせるペニスをそのまま切なそうに中出しをおねだりする梨桜菜に挿入する。

幾重もの膣ヒダを押しわけ秘筒の奥へ入り、その膣底で再び灼熱を解き放つ。

「梨桜菜さんにもいっぱい出すからっ。んううっッ！」

膣で射精の震えを感じつつ、中出しの悦びに梨桜菜は震えた。注がれる白濁の熱と勢い、そして量の多さを感じつつ、法悦の頂《いただき》に達する。

「ああ、中に出して、もっと……熱いのがいっぱい、ああぁッ、い、いくッ、いくぅッ、妊婦なのに、中出しされて、いぐッ、いぐぅぅッ、妊婦アクメしひゃうぅぅ、ひぁあぁぁッ……」

梨桜菜はあやめにぎゅっと抱きつきながら、釣りあげられた魚のようにびくんびくんと身体をのたうちまわらせて、アクメしつづけた。

そうして圭斗はペニスを引き抜き、あやめに射精する。精嚢の奥に溜まったマグマを一滴残らず、放ちきった。

「あはぁ、ああ、熱くて、どろどろしたけいちゃんでいっぱいで、ママなのに、母親なのに、中出しでまたぁ、イカされひゃうぅぅ、ああ、イクイクイクっ。ママ、イグぅうぅぅッ、やはぁあああ、ぁーッ……」

一度目の射精ではまだ半イキだったあやめも、あえなく陥落し、ひときわ大きな嬌声とともに妊娠セックスでの絶頂を極める。

あやめはメスの真の喜びが全身に広がるのを感じつつ、陶酔感に満ちた表情を圭斗に向ける。果てて蠢く膣は、尿道に残った圭斗の精の残滓すべてをバキュームしてしまう。

ペニスを引き抜きベッドに倒れこんだ圭斗を、左からあやめが、右からは梨桜菜がぎゅっと包みこんでくれる。二人とも絶頂の陶酔から醒めやらぬ様子で、蕩けきった顔に微笑みを浮かべて、圭斗を抱きしめる。

あやめの乳房が押しつけられると、そこから温かな母乳が噴きだし、それが彼の身体に擦りつけられる。

梨桜菜の乳房が押しつけられると、そこからも母乳が溢れた。

圭斗は互いの母親の乳を啜り飲み、甘えるようにあやめとキスし、梨桜菜と唾液を交換する。

互いの性器をまさぐり、乳房を絡め、キスしあう。二人のママと圭斗は甘くじゃれ合いながら、互いの信頼を確かめあう。そうして、ふかふかのベッドと、まどろみの中にゆっくりと沈みこんでいく。

「ねえ、子供二人も生まれちゃうと大変だよね……」

ベッドであやめに甘えていた圭斗がそう口にした。

「あらら、けいちゃんが心配してくれてるの？」

「ボクだって、じきに高校生だもん……」

不満げに口を尖らせつつ、圭斗はあやめの乳房をしゃぶった。

「あやめさん、梨桜菜さん。もうすぐお腹の子供も生まれるし、ボクもいろいろ、お手伝いするし、頑張るよ」

あやめは柔和な表情を圭斗に向ける。乱れきったメスの顔の端に、優しい母親の顔が覗いた。

「そうねえ、けいちゃんもお父さんになるなら、お勉強いっぱいしなきゃねえ。お金のことはママにまかせて、けいちゃんはお勉強ね、んふふッ」

「圭斗くん、私にも子供、生まれちゃうのよ。わかってる？」

「うん、もちろんだよ。梨桜菜さんとの子供は、梨桜菜さんに似てしっかり者になりそうだね……はぁ、ボク、父親務まるのかな」

梨桜菜が脇から圭斗をぎゅっと抱く。身体を包みこまれる安心感に彼は身を委ねつつ、自分の幼さを自覚してしまう。

「一人で頑張る必要はないのよ。みんなで頑張るんだからね。でも、最近は圭斗くんから子供っぽさが消えて、なんだか寂しい……」

「じゃあ、梨桜菜さんはボクのこと、嫌いになっちゃうの？」

そう問われて、梨桜菜は顔を真っ赤にして、圭斗の顔を自らの乳房に押しつける。

「もちろん、男らしい圭斗くんも、大好きよ。こうやって素直におっぱいちゅうちゅうされるだけじゃなくて、荒々しく組み伏せられて扱われたりもしたいもの……」

「本当、よかった、んちゅ」

圭斗は梨桜菜の乳房を吸いたて、揉みこねる。甘い愉悦が胸先で弾け、梨桜菜は感じた声を出してしまう。

「ああ、ぁんっ、もう強すぎよぉ、ぁはぁ……でも、お乳吸われるの好き……」

「ほら、けいちゃん、こっちもよ。ママのおっぱいも吸って。お乳が張って、たまらないの。毎日だって、ちゅっちゅしていいのよ、んふふ」

大きく突きだした四つの乳房に肩や顔を押し包まれ、圭斗は子宮にいるとき以上の安心感を覚えるのだった。

胸乳の高くはち切れんばかりの半球は流れる母乳で潤みきって、押しあう隙間には乳溜まりが生まれる。

圭斗は、啜っても、飲んでも、溢れだす乳の海にどっぷりと浸かって、甘やかな香りと味わいに包まれ、安らかな気持ちになる。

父親になるという責任を少しだけ脇に置いて、ママたちのたわわな果実の甘みと柔らかさに耽溺するのだった。そして同時に、独り立ちして、ママたちをもっと幸せにしたいと心から願う圭斗だった。

## ◉新人作品**大募集**◉

マドンナメイト編集部では、意欲あふれる新人作品を常時募集しております。採用された作品は、本人通知のうえ当文庫より出版されることになります。

**【応募要項】**未発表作品に限る。四〇〇字詰原稿用紙換算で三〇〇枚以上四〇〇枚以内。必ず梗概をお書き添えのうえ、名前・住所・電話番号を明記してお送り下さい。なお、採否にかかわらず原稿は返却いたしません。また、電話でのお問い合せはご遠慮下さい。

**【送付先】**〒一〇一-八四〇五 東京都千代田区神田三崎町二-一八-一一 マドンナ社編集部 新人作品募集係

# 巨乳母《きょにゅうはは》と艶尻母《つやじりはは》 ママたちのご奉仕合戦《ほうしがっせん》

著者◉あすなゆう【あすな・ゆう】

発行◉マドンナ社

発売◉二見書房 東京都千代田区神田三崎町二-一八-一一
電話 〇三-三五一五-二三一一(代表)
郵便振替 〇〇一七〇-四-二六三九

印刷◉株式会社堀内印刷所 製本◉株式会社村上製本所 落丁・乱丁本はお取替えいたします。定価は、カバーに表示してあります。

ISBN978-4-576-20019-4 ◉Printed in Japan ◉©Y.Asuna 2020